SIKIGAMI

坂野吾郎

式神学校編

【式神に育てられた子供が発見された】

人々の関心を引くその奇妙な事件は、瞬く間に瓦版の記事になり出版された。人々はその子供を一目見ようと現場になった住居に群がった。庶民にとっては退屈な日常から解放される気晴らしのようなものだったのだろう。未確認生物を見るような目つきで子供を鑑賞し終えると、騒いだ事に満足してその場を立ち去った。自分達とは関係の無い話として決め込んだのである。しかし私だけはその場を離れずに残った。純粋に子供の将来が心配だったのもあるが、研究対象として興味を惹かれたからだ。子供は十歳程度であり肌は薄汚れていて裸体だった。今まで人の手では無くて召使い用の式神に育てられていたらしく、親の所在は不明で身元が無かった。何故これほどになるまで誰にも気づいて貰えなかったのか。いや気づかれていながら放置されていたのか。本当に酷い有様だった。召使い用式神は尻尾が複数ある狐の姿をしているので召狐と呼ばれていた。召狐は老人の介護や子供の遊び相手として開発された式神である。主人の寂しさを紛らわすために数種類の人語を話せるように設定されていた。子供は召狐と会話していたので人の言葉を多少は話せた。だが定型的な発話しかできずに、私が話しかけてもすぐに逃げてしまった。また召狐は動物の狐と同じように四足歩行で移動したので、子供も真似をして四つ足で歩いていた。二足歩行せずに両手を使わなかったので脳が発達しなかったと考えられる。言語脳の発達遅滞が原因で人と会話できない状態だった。私は子供を保護して式神学校で育てたいと考えた。学校側に掛け合うと学長も申し出を受け入れてくれた。私は子供の手を引いて学校へ連れて帰った。人間の一生が遺伝で決まるのか環境で決まるのかを考える良い研究対象になると思ったのである。

　子供には名前が無かったので私が晴明と名付けた。晴れて明るいという意味だ。晴明の髪の毛は狐

の耳のように二つに割れており、目は切れ長だがガラス玉のように丸かった。始めは吠えたり噛みつくような野蛮な行動が目立ったが、人間と共同生活を送るにつれて少しずつ大人しくなった。動物の狼に育てられた子供がすぐに亡くなる事例はあったが、晴明は日を追うごとに改善していった。言葉かけをする召狐に育てられていたのが幸いしたのだろう。晴明は教えられた事を急速に吸収して言葉数が徐々に増えていった。姿勢矯正を促して二足歩行になった現在では、普通に育った人間と区別がつかなかった。着物の着方や箸の持ち方や文字の読み書きまで習得し終えると人間らしい生活を送れていた。

「先生、僕は式神学校で式神を作る方法を学びたいのです」

ある日晴明は私に進学を願い出た。自分を育てた召狐を作成したいというのが志望動機

だった。彼によると自分が式神ではなく人間であると証明するには、式神を作る側になる必要があるらしい。晴明は人間らしく成長するにつれて自己認識に悩み始めているようだった。自分は人間なのか式神なのかその狭間で揺れ動いていたのだ。式神に育てられていた頃の記憶が、今でも脳裏に浮かんで意識を妨げるらしい。私は晴明の意思を尊重して式神学校に就学する事を許した。勉学に励んで物覚えの良い晴明ならできると思ったのである。私は晴明に監視用式神をつけて学校での様子を観察する事にした。監視蝶は蝶のような羽を生やして、上空を飛びながら対象を監視できる式神だ。掌程の大きさのため標的から気づかれにくくて、視覚器や聴覚器が複数ついているため多様な角度から観察できる。監視蝶から送られる映像と音声は私の手元にある監視蝶から観覧できた。今後は監視蝶から得

監視蝶

体長　7cm

体重　200g

値段　10万円

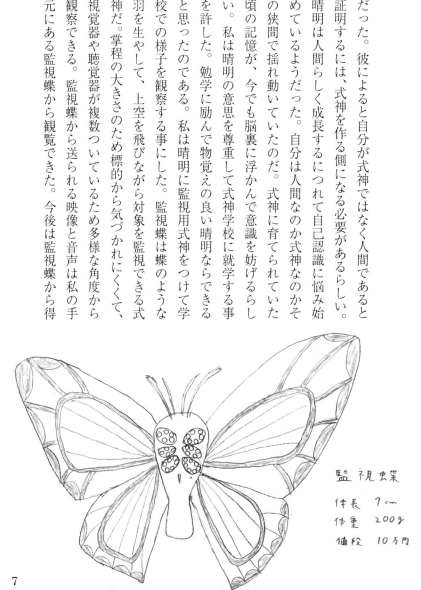

られた情報に基づいて晴明の記録を語ろうと思う。

渡り廊下で晴明と男子生徒が取っ組み合いの喧嘩をしていた。始めは口論だったが次第に手が出たようだ。

「やい狐、狐みたいに鳴いて見ろ」

男子生徒は晴明に馬乗りになると激しく罵った。晴明の髪の毛は引っ張られており、晴明も相手の腕に噛みついていた。私は監視蝶で目撃すると即座に現場に駆け付けた。二人を引き剥がすと副屋に連行して並んで座らせた。男子生徒の名前は氷満といって、霜が降りたような白い髪をしている。耳には氷の結晶を型取った耳飾りをつけていた。私が喧嘩の原因を二人に説明させると氷満はとぼけた顔をして答えた。男子生徒同士で式神を戦わせて、どちらの式神が勝つか金銭を賭けて遊んでいたようだ。氷満は談笑を交えながら話しており、とても反省している様子ではなかった。喧嘩をしていた廊下の隣には土俵のようなものが敷かれてあり、土俵内で式神を闘わせていたと考えられる。その様子を見た晴明が急に土俵を蹴散らして暴れたようだ。晴明に本当かと尋ねると本当だと答えた。

「式神同士で争わせて賭け事をするのは良くありません」

晴明は表情を硬くして言った。式神同士で戦って捕食する者とされる者が出るのは当然である。賭け事は珍しい話ではなくて不埒な大人ならよくする遊びだった。しかし晴明には人間が式神同士の戦いを評価して嘲笑うのが許せなかったらしい。氷満には晴明の怒った引き金がわからないようで納得しない顔をしていた。私は無理矢理二人を仲直りさせると喧嘩をした罰を与えた。庭園の掃除を式神に頼らず行うよう二人に言いつけた。

「狐のせいだぞ」

氷満は落ち葉を竹彗で掃きながら愚痴をこぼしていた。地面に敷かれた赤い絨毯は踏むと乾いた音を立てて、隅に集められた枯れ葉の山が風に吹かれて飛んでいった。氷満は息を吐いてかじかんだ手を擦り合わせていた。冬が近づいて風が肌寒くなる季節だった。晴明は隣で集めた落ち葉を黙々と屑籠に入れていた。目からは雑念が消えており枯れ葉しか見ていない様子だった。晴明と氷満は結局ほとんど会話をしなかった。

私は晴明の授業態度を知るために、他の先生の授業風景も監視蝶で観察していた。勿論私も四六時中晴明の様子を監視していたわけではない。撮られた動画を後から早送りで見て、目立った行動を記術に残していただけである。私が教壇に立つと生徒達は机の前に正座していた。生徒達は皆一様に白い小袖に青い袴を履いている。組織内の人間かどうかを区別するために、同じ服装に統一しているのだ。それは外部に式神の作成方法が漏れるの

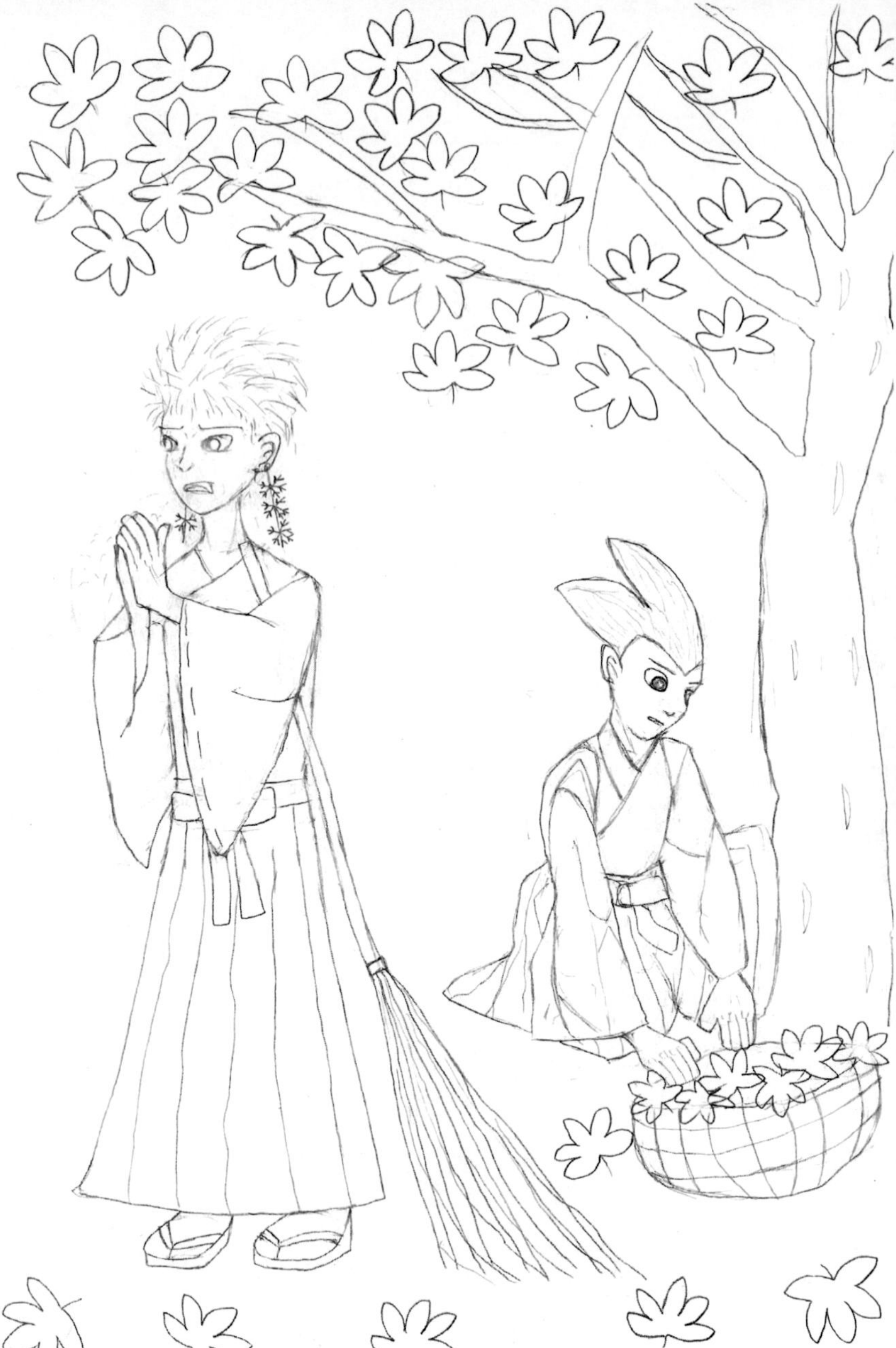

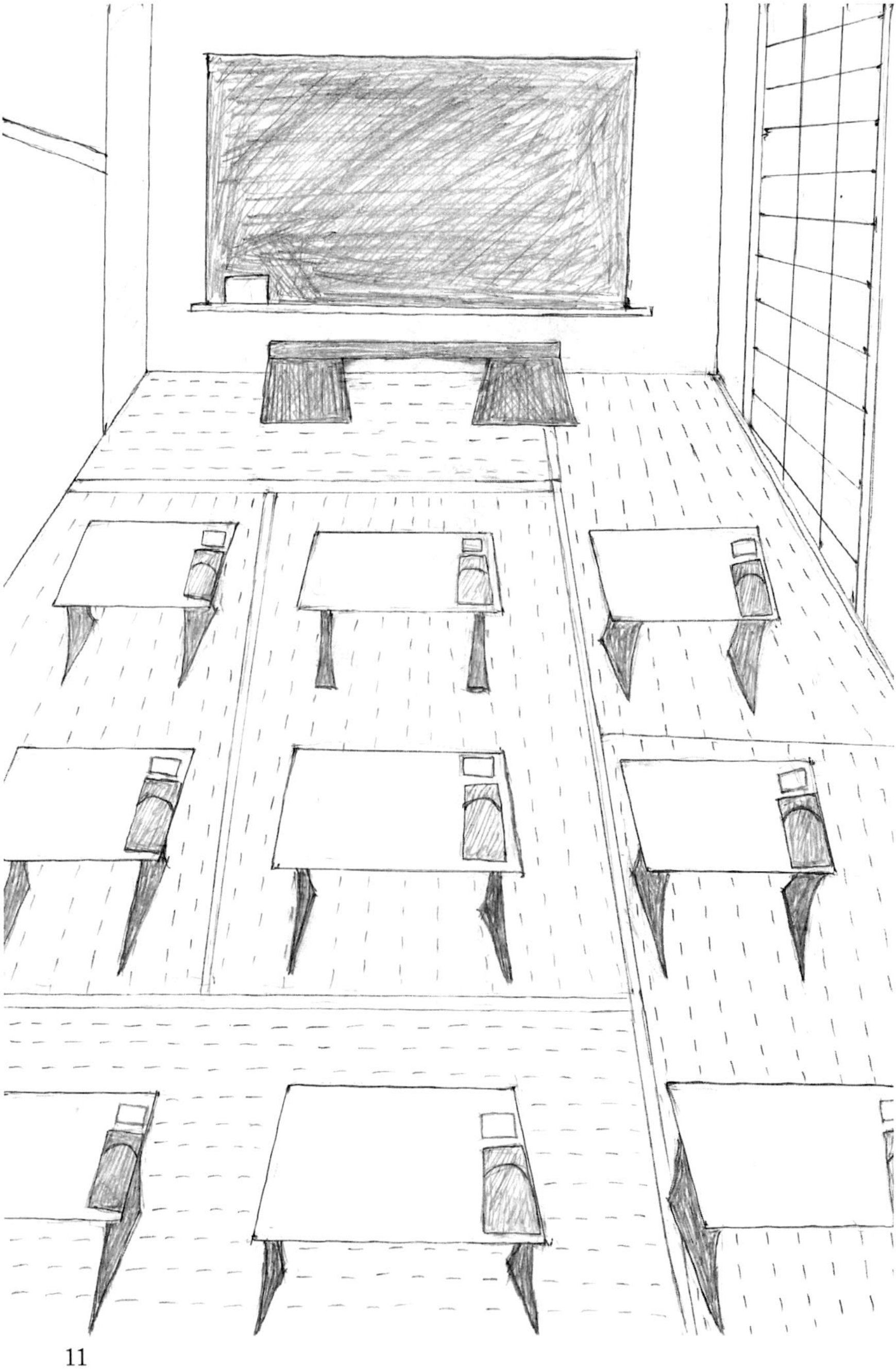

を防ぐ狙いもあったが、今回は特別に皆さんにも式神の作成方法を簡単に説明しようと思う。

「式神論」

まず式神の元となる木霊について紹介する。木霊は木を伐採した際に放出される白い霊だ。掌に乗る程に小さくて、息を吹けば飛ぶ程に軽かった。人間の形をしているが胴体に比べて頭が大きく、顔は一匹ずつ個性があり表情も多彩だった。腹を指で擦ってやると顔に皺をよせて笑った。雄と雌の木霊がいて雄には男性器、雌には女性器がついている。木霊は生殖器が発達しており繁殖力が凄まじかった。木箱に入れて置けば瞬時に増殖するが寿命は短くてすぐに死んだ。殆どの木霊が成長する過程で子孫を残せずに亡くなってしまった。また木霊は繁殖する段階で変異体を産んだ。変異は偶然起こるものであり、その環境下で生き残るかどうかも偶然である事が多かった。生き残った木霊がまた子孫を産むと、形質が次の世代に受け継がれていった。それを何世代も繰り返す事により、形質の違いが大きい式神になるのである。つまり環境に合うように形質が変化したのではなくて、偶然持っていた形質が環境に合っていた木霊が生き残るのだ。形質の違いが大きくなり、

木霊

体長　5cm
体重　1g
値段　10円

個性的な能力を持つようになった木霊を式神と呼んだ。

例えば温度の低い環境下で木霊を繁殖させれば、寒さに耐性のある式神が生き残る。形質として厚い脂肪や体毛を持つようになるだろう。外敵の多い環境下で繁殖させれば、戦闘力のある式神が生き残る。形質として牙や爪を持つようになるだろう。これらの理論を式神論と呼んだ。式神使いは式神論を利用して様々な種類の式神を作成した。最初に作成された時は偶然できた形質であっても、作成された環境を文書に残しておく事により再現性を保っていた。文書に記載された通りの環境で増殖させれば、誰でも似たような形質を持つ式神を作成できるのだ。

また人為的淘汰である間引きも作成過程で加えた。途中で木箱の蓋を開けて、目的としない形質を持つ木霊は外に出して潰した。特に人間に反抗的な態度をみせる木霊は間引きの対象になった。反乱分子を間引く行為を魔引きと呼んだ。魔引きを怠れば人間に反抗的な式神を産みかねないので、全ての式神に共通して実施されなければならなかった。人間に敵意を向ける式神は【祟り神】と命名されて式神使い達に恐れられた。

晴明は先生の話を熱心に聞いて教科書もよく読み込んでいた。遅くまで自学習をしているようで、雑記帳には勉強をした形跡が残されていた。私が教壇に立っている時も、食い入るように黒板を見ていた。

「式神使いが最も犯してはならない禁忌は何かわかりますか」

私は生徒達に向かって授業中に何度も問いかけた。

「人間に反抗的な式神を作る事です」

当てられた生徒達は皆決まってそう答えた。晴明も他の生徒達と同様に私の授業を聴いて頷いていたはずだった。今思えばあの時にもっと晴明に言い聞かせておけば良かったと思う。私は気づかなかったのだ。晴明が一人で葛藤した末に、とんでもない発想に至っていた事を。

生徒達は寮に住んでおり五人で一部屋が与えられていた。早朝に起床して夕方まで学んで夜は早く寝た。一日の全てが修行であり掃除、洗濯、食事の用意まで自分達で行っていた。家電用式神があるので式神の扱いを覚えれば苦にならないが、式神の世話は人間がしなければならなかった。例えば掃除用式神である塵取箒は、箒同士で喧嘩しないように掃除が終わるまで見張る必要があった。また塵取箒の餌である木霊も、食べやすいように擦り潰して粉にして与えないといけなかった。塵取りの帽子を被り箒の手足で床を掃く姿は、無機質なぜんマイ人形のようだった。

晴明は氷満と同じ部屋だったが、氷満や他の四人達とは隔たりがある様子だった。

「風呂に行こうぜ」

氷満達は夕食を終えると部屋を出た。晴明だけは後片付けをしてから行くようだ。男子寮と女子寮は遠くに離れて位置しているが、風呂は同じ棟にあった。氷満達は女風呂を覗くために監視蝶を自作して放とうとしていた。監視蝶を勝手に飛ばしているのが先生にばれると叱られるので、使役した後は下水道に流すようにしていた。氷満達が湯舟に映像を投影させて騒いでいる中、晴明は仲間に加わらなかった。年頃なのだから同年代の友達と遊べば良いのにと、私は観察しながら思っていたが難しいようだった。晴明は湯に浸かると眉間に皺を寄せて一人だけ壁を向いていた。

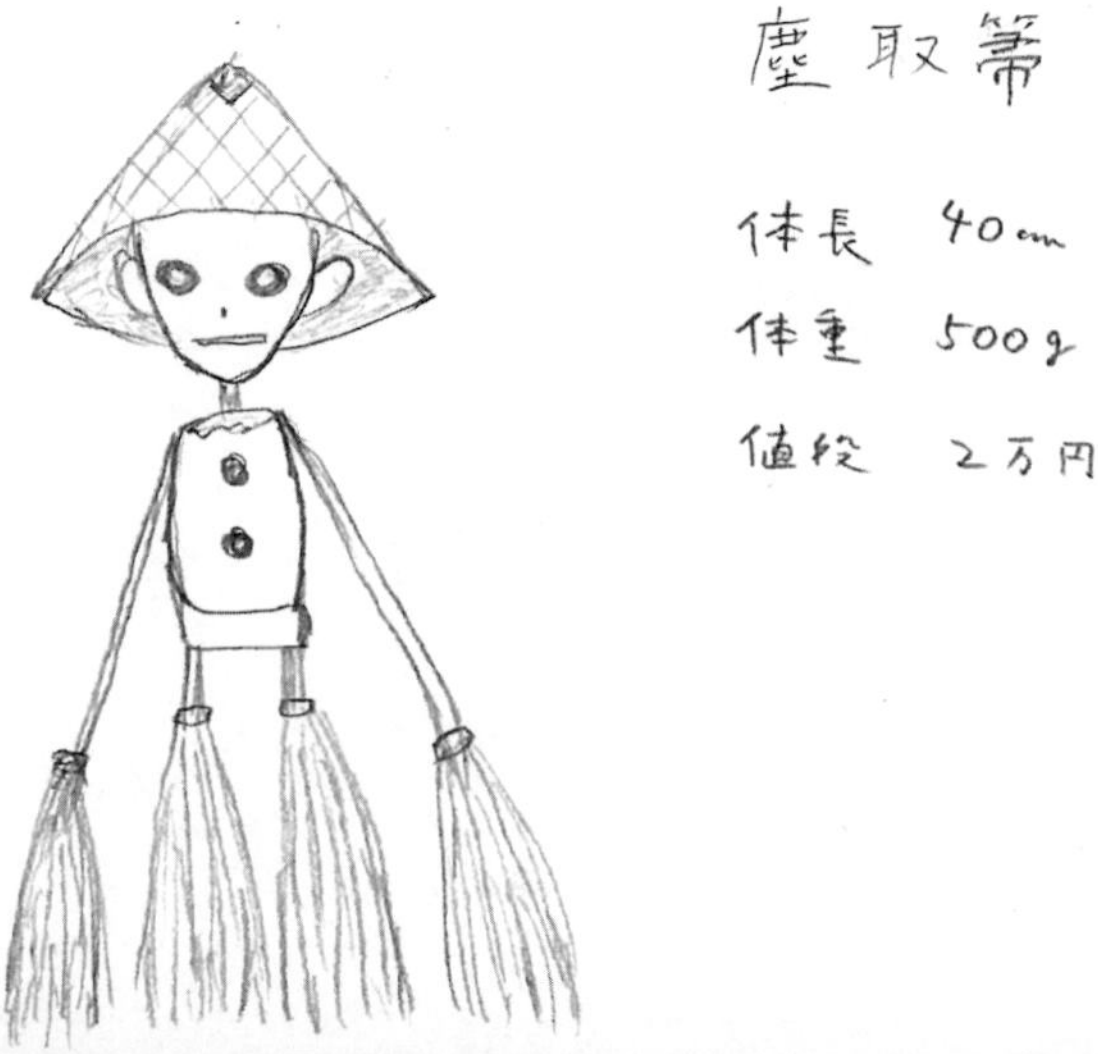

晴明は異性に興味を持つ前の発達段階で躓いている様子だった。人の発達には大きく分けて八段階ある。晴明は乳児期と幼児期と学童期に召狐に育てられていたので、信頼感や自立心や自尊心が抜け落ちている可能性があった。現在は青年期の自己理解に悩んでいる最中なのだろう。そのせいで成人期に友人や異性と親密な関係を築けずに孤立していた。その割には創造をして社会に何かを残したいという、壮年期に生まれるはずの欲求が晴明にはあった。晴明にとっては子供を作るための生殖行為より、式神を作る術の方が重要なようだ。対照的に私は愛について考えていた。偉そうな大人が難しい顔をして性行為について語るのを見ると馬鹿なように思えるが、子供を作れるかどうかは社会問題に繋がる切実な問いでもあるのだ。

晴明は図書室で調べ学習をしていた。両脇に並んだ本棚には、天井まで本が敷き詰められていた。彼は週に何冊も本を借りて寮に持ち帰り読んでいた。晴明が手にしたのは「式神が子供を産む数の変遷」について記載された学術書だった。式神は外敵の多い環境下で繁殖させると、多数の子供を産む傾向がある。産まれた子供は十分に養育されないので、早期に死ぬ可能性が高くなった。多くの子供を産んで数の多さで生き残りをかけていた。一方外敵の少ない環境下で繁殖させると、少数しか子供を産まない傾向がある。産まれた子供は数が少ない代わりに一匹ずつ十分に養育できるので、長生きする可能性が高くなった。養育期間を長くして質の高さで生き残りをかけていた。つまり下等な生物であるほど子供の数を多く産んで、人間のように知性のある生物であるほど養育期間を長く設定していたのだ。推測するに晴明が作成したいのは後者だった。召狐のように子供を育てる式神を作りたいのであれば、外敵の少ない環境下で繁殖させる必要があった。晴明が召狐の作成に執着するのは深い動機があるようで、一人勉強している晴明の表情には鬼気迫るものがあった。私が観察していても晴明は友達と会話する描写が少ないので、彼が実際のところ何を考えているのか判然としなかった。生徒達も晴明を見ると仲間同士で彼の噂を話すだけで、彼に話しかける人間は少なかった。

　晴明は毎晩、裏庭の茂みに隠れて召狐を作成する実験

をしていた。本に書かれた式神の作成方法を参考に試行錯誤を重ねているようだ。木箱からは繁殖反応である白煙や、失敗した召狐の鳴き声が漏れていた。晴明は他にも様々な式神の作成を試していた。特に電光蛍の作成は晴明の得意とする術だった。電光蛍は尻に発光器官を持つ昆虫型の式神である。見た目に反して獰猛な顎を持ち、光を発する事により餌を誘き寄せて捕食する。速く飛べる平家蛍と強い光を放つ源氏蛍の二種類が存在しており、晴明は両種類を自在に操り発光させる事ができた。式神の評価基準には大きく分けて三つの項目がある。目的の形質、健康な生命力、人間の指示に従う気質だ。これらを満たして初めて完成形の式神になる。電光蛍で例えるならば、光を放つ形質、発光を維持する健康力、人間の指示により発光の調節ができる気質が必要とされた。

進級試験は年に四回行われており、式神を正確迅速に作

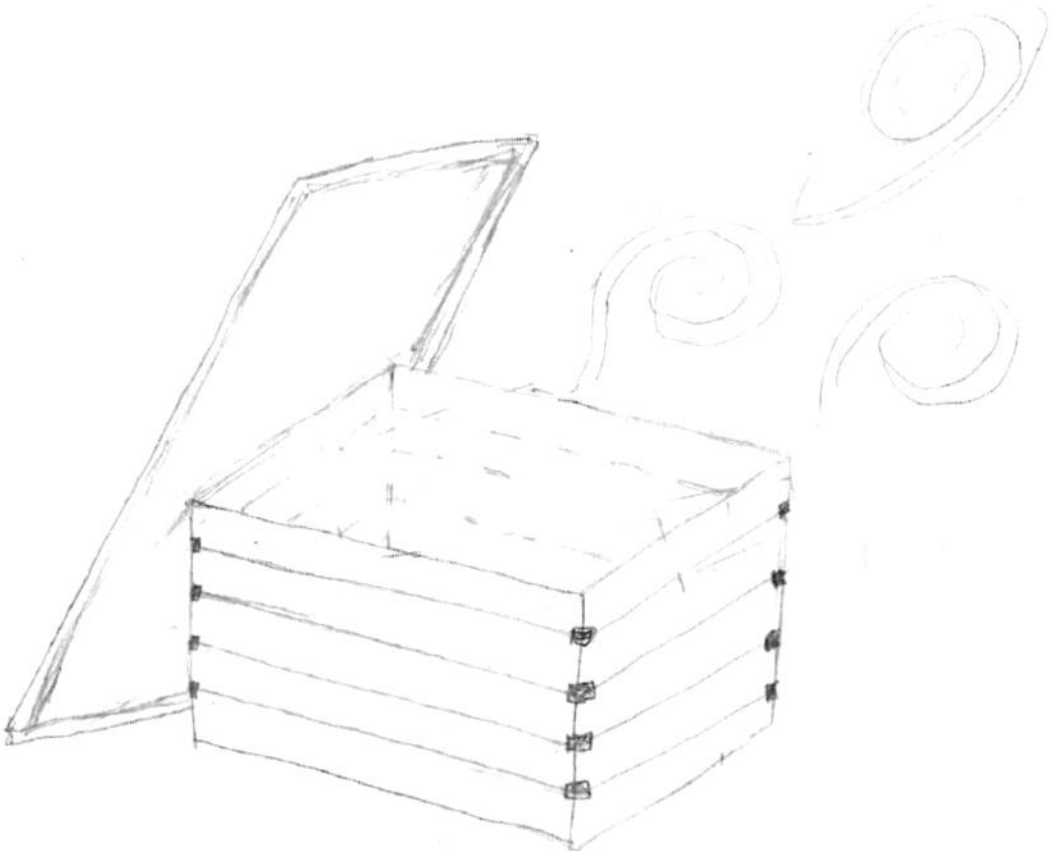

成する技術が試された。授業で習った式神を先生の前で作成するのである。晴明はどんな式神でも指示されたように作ってみせた。電光蛍の作成を指示された際には学年で一番高く評価された。晴明の式神が評価される度に、周囲の生徒達の見る目も変わっていった。もう晴明を狐扱いする者は少なくなっていた。しかし氷満だけは最後まで晴明を認めようとはしなかった。

「蛍くらい作れて当たり前だろ。晴明は狐に育てられた不遇な子だから、お情けで褒められているだけさ」

　氷満は吐き捨てるように述べると友達を連れて教室を出て行った。それで終われば良かったのだが、氷満は寮の部屋に帰ると晴明にきついお仕置きをした。氷満は先生の前では優等生を演じているので、

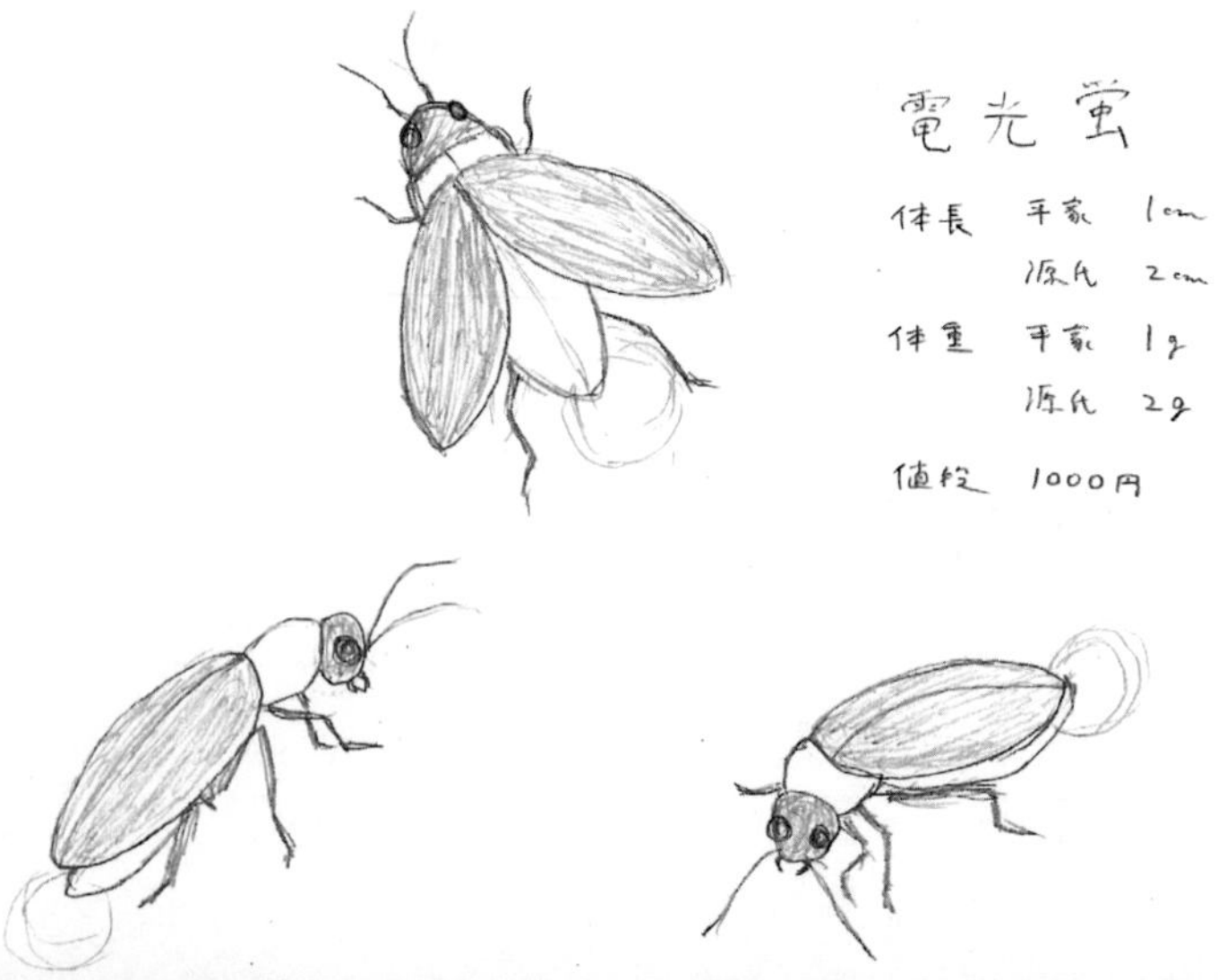

先生のいない放課後に粛清をするのだ。

「狐！狐！」

氷満の取り巻きの男子生徒達が晴明の周りを取り囲んで手拍子を打っていた。晴明は布団の上で正座して氷満を睨み返していた。

「氷満の評価点が低かったからいけないんだろ」

晴明が言い切ると氷満は晴明の腹に蹴りを浴びせた。

「調子に乗るなよ！」

氷満は唇をひん曲げて激昂していた。晴明の吐いた血が布団に染みをつけていた。氷満は息を整えて怒りを鎮めると、懐から巻物を取り出した。式神使いは巻物の中に式神を封じて持ち歩くのだ。氷満は巻物を広げると白煙と共に式神を放出した。現れた式神は化鼬と呼ばれて、金色の体毛に包まれて細長い胴体に短い手足を有していた。化鼬は鼻をぴくつかせて、どんぐりのように丸い瞳で晴明を見つめていた。氷満が化鼬の腹を右足で踏み潰すと、化鼬は悲痛な鳴き声を漏らして横たわった。腹部は体内で出血して赤く染まり、足は反対方向に折れ曲がっていた。

「化鼬を直せたら人間として認めてやるよ」

氷満は悪びれもせずに言い放つと化鼬を顎でしゃくった。晴明は化鼬の背中を撫でると心臓の脈打つ温かさを感じた。化鼬の目は晴明を真っすぐに見つめていた。

「良いだろう、必ずなおしてやる」

晴明は何かに突き動かされるように宣言した。

晴明は明日の晩に向けて寮を抜け出す計画を練っていた。夜中は監視蝶が廊下を巡回しているので、先生に見つからずに外に出るのは至難の業だった。

「止めとけよ、晴明」

男子生徒の一人が廊下の片隅で晴明と密談を交わしていた。坊主頭に丸眼鏡をかけた雪太という名前の少年は、晴明の数少ない友達だった。雪太は晴明とは別の部屋の生徒だったが、一緒にいるのを良く見かけた。

「どうしても雪玉兎が必要なんだ」

晴明は雪太に手を合わせて頼んでいた。雪玉兎という

式神は雪で姿を眩ませる形質を持っている。その力を使えば監視を撒ける可能性があった。雪太には先程の氷満との会話も知っておいて貰っていた。傷付いた化鼬を見せると、雪太は怯えて首を竦めた。

「雪玉兎を貸す事はできるけど、見つかったらただでは済まないぜ」

雪太は落ち着かない様子で周囲を見回して話した。会話を誰かに聞かれてないか不安なのだろう。式神を「直す」というのはその個体を「治す」わけではなかった。傷付いた個体に子供を作らせて新しい式神を作成するのだ。傷付いた個体が雄ならば、雄と生殖可能な雌を木箱に入れて繁殖させる。産まれた健康な子供を育てれば、一から式神を作るより簡単に新品の式神を作成できた。雄と雌の個体は作成された日付と番号を記して別々に保管してある。氷満は雌の個体を探して化鼬を繁殖させるように命じたのだ。そのためには雌の化鼬が保管されてある女子寮に忍び込む必要があった。

「少し行って帰って来るだけさ」

晴明も一度決めると引かなかった。氷満の鼻を明かしたいという子供じみた競争心もあったのかもしれない。

その日の夜中に計画は実行された。晴明は雪玉兎の雪を肩に被せて外に出た。姿を眩ませる術は雪が溶けると効果を失う。雪が溶ける前に雌の化鼬が封じられた巻物を取って帰らないといけない。廊下には監視蝶が巡回していたが、晴明に気づかずに通り過ぎて行った。生徒達は寝静まり周囲は深々としていた。日はどっぷりと沈んで闇に閉ざされている。庭に出ると凍てつく風が肌を摩った。女子寮は池に掛かる橋を渡った先にある。満月は高く上り、月明りが仄かに橋を照らしていた。池には水草が浮かんで水は暗く淀んでいる。橋は渡ると体重で木板を軋ませた。息を潜ませて女子寮の廊下に足を踏み入れると、頭を低くして一歩ずつ前進した。図書室は二つ角を曲がった先にある。雪はまだ十分に肩に残っていた。晴明は監視蝶の目を掻い潜って図書室の襖を開けた。高く聳え立つ本棚に巻物が無数に差してあり、作成された日付と番号ごとに整理されていた。晴明は電光蛍を手元に灯して番号札を順繰りに確認して回った。式神の雄と雌の巻物は一緒にすると繁殖してしまうので、男子寮と女子寮で離して保管してあった。また式神は巻物に保存しても年を追うごとに劣化するの

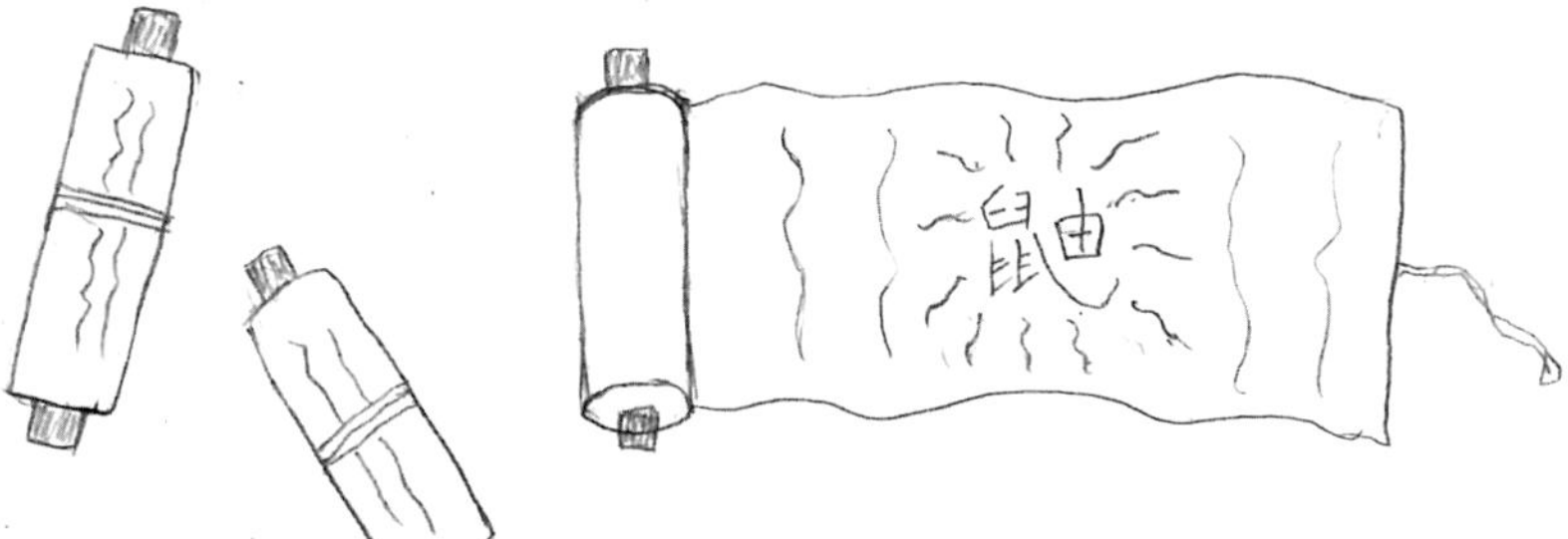

で、三年を過ぎれば新しく作り直す必要がある。晴明は化鼬の作成日付から対となる雌の巻物を見つけると、梯子を上り巻物を取って懐にしまった。思ったよりも簡単に巻物の入手に成功したので晴明は油断していたのかもしれない。襖を開けて図書室から出ようとすると警報が鳴った。巻物を勝手に持ち去ると警報が鳴る仕組みになっていたのだ。警告音が寮内に響くと女子生徒達が目を覚ました。部屋の明かりを付けた生徒達は廊下に顔を出して騒ぎ立てた。晴明は勢い良く走って廊下の角を曲がった。顔を見られる前に駆け抜けるしかなかった。すると背後から蛇の式神が無数に迫り来て、晴明の足を捕えて這い上った。蛇に身体の自由を奪われると、晴明は前のめりになって転倒した。両腕を蛇に縛られて引き摺られるように奥の部屋に連行されると、部屋には侵入者を見ようと大勢の女子生徒達が集まっていた。

「この人知っているよ、狐に育てられた人だ」

女子生徒達は晴明から距離を取りながらひそひそと話していた。

「巻物を何に使うつもりだったのだ」

一人の女が進み出ると晴明に詰問した。霧華という名前の女は、黒髪を団子に結い花の簪を挿していた。蛇は霧華の使役した式神だったようで、霧華の元に集まると戸愚呂を巻

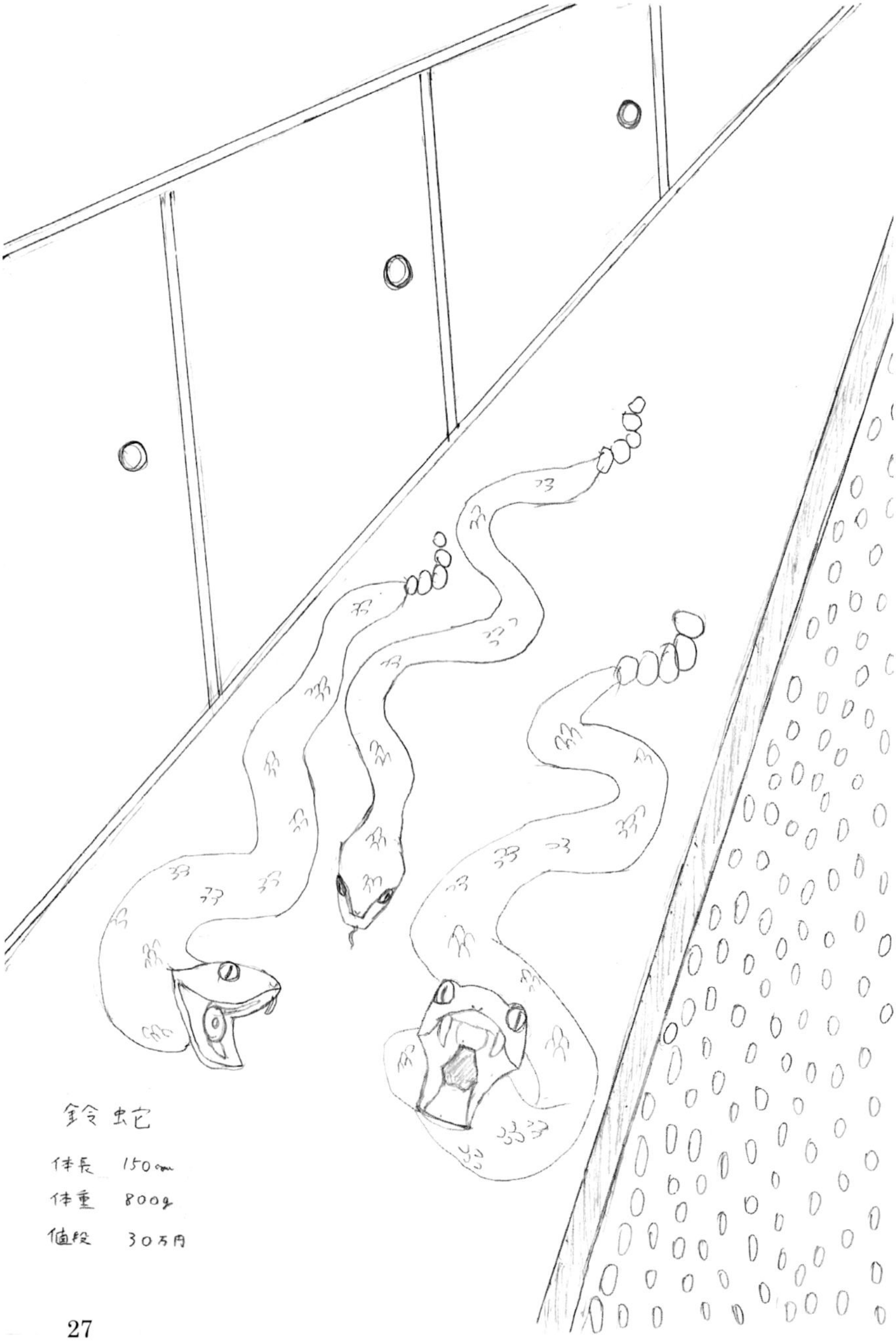

鈴蛇
体長　150cm
体重　800g
値段　30万円

いた。鈴蛇は白くて長い胴体に鈴の音が鳴る尻尾を有しており、表皮は細かい鱗で覆われていた。冷酷そうな蛇目で見据えながら頭をもたげて赤い舌をチロチロと出している。

「化鼬をなおすために来た」

晴明は傷ついた化鼬を見せて言った。化鼬の患部は変色して腫れ上がっており、昨日の晩より状態が悪くなっていた。

「面白い。では化鼬を直せたら先生を呼ばずに許してやっても良いぞ」

霧華は約束すると晴明の前に木箱を持ってこさせた。霧華は発言力が強くて女子寮を束ねており、彼女が話すと周囲の女子生徒達は萎縮していた。晴明は巻物を広げて雌の化鼬を出すと、二匹を木箱の中に入れた。だが蓋を閉めて待ってみても繁殖する様子を見せなかった。化鼬は怪我が酷くて子供を作る体力が無いらしく、鼻で蓋を押し開けて外に出ようと足掻いていた。

「式神を従属できないとは、やはり狐の子は狐だったたか」

霧華が声に出して笑うと、取り巻きの女達も嘲るような笑みを浮かべた。

「違う。化鼬は死にたくなかったんだ。子供を作れば古い化鼬は殺処分されてしまう。それがわかっていて暴れているんだ」

晴明は反論すると化鼬を木箱から出して腕に抱えた。狐と言われたのが悔しかったからでは無かった。化鼬の悲痛な鳴き声が晴明に訴えたように聞こえたからだった。またこの段階の晴明は自分が人間か式神かで揺れ動いており、式神に感情移入してしまっていたのも影響したのかもしれない。

「自分で直すために来たと言ったではないか。繁殖できなかった言い訳か。動けなくなった式神は処分した方が良いぞ」

霧華は鈴蛇に化鼬の首を咬むよう指示した。彼女は男と恋愛して得た金で蛇を育てており、人間より蛇を大切にしていた。鈴蛇の餌となる鼬は蛇への絶好の捧げ物だったのである。晴明は化鼬を庇って蛇を腕で振り払おうとしたが、鈴蛇の毒牙が晴明の腕に突き刺さった。晴明は表情を歪めたがすぐに平家蛍を出して鈴蛇を追い払った。平家蛍は女子生徒達の間を素早く舞うと顎で噛みついた。蛍の光が乱れる様子はまるで線香花火ようだった。女子生徒達が叫ぶのを見かねた霧華は、監視蝶に先生を呼ぶよう手を上げて命じた。晴明は無作為に襖を開けると寮の外に走って逃げた。後に残されたのは雌の巻物と小さな木箱だけだった。

後日、晴明は先生に呼び出されて掃除の罰を受けた。講堂の床を雑巾がけしていると氷

満達が失態を茶化しにやって来た。

「化鼬一匹直せずに帰って来るとはね」

氷満が挑発しても晴明は乗らなかった。水桶で濡れた雑巾を絞ると腰を上げて背筋を伸ばした。晴明の表情は憑き物が取れたように晴れ晴れとしていた。

「なおすのを諦めたわけでは無いさ。新しい子供を作らせるのでなくて、化鼬の傷を治してやる事にしたんだ」

晴明がはっきり言うと、氷満達は鼻で笑って立ち去った。その日から晴明は毎日化鼬の看病をした。保健室で冷却材を貰うと手拭で巻いて患部を圧迫した。濡れた手拭で身体を拭いて清潔にして、木霊を食べやすい大きさに砕いてやった。

化鼬は良く眠り次第に回復していった。化鼬が立って歩けるようになると、晴明は跳び上がって喜んだ。氷満はそれを見て捨て台詞を吐いていたが、晴明には届かなかった。下らない見栄よりも化鼬の回復の方が嬉しかったからだ。

氷満は毎晩夜中に隠れて女子寮に忍び込んでいた。目的は霧華に会うためだった。霧華は明るくて容姿も整っているので男子生徒達から人気があった。彼女は百足兜を開発した家の娘なので、家柄的にも自分と申し分が無いと思ったのだろう。氷満はどうにかして霧華を振り向かせようと試みていた。会って話す内容といえば同じ班の晴明という狐の話題ばかりだった。狐がどれ程駄目な奴で、比べて自分がどれ程優れているかを語るのである。

「じゃあ、次の祭りで晴明に勝ったら付き合ってあげても良いよ」

霧華が氷満を焚きつけるように話すと、氷満は飛び跳ねて喜んだ。祭りはククチの里の誕生を祝う意味合いで年に一度開催される。選ばれた生徒達が作成した式神を、来場者の前で披露して評価点を競うのだ。祭りで優勝した者は将来歴史に名を刻む式神使いになる事を約束されていた。祭りの当日に出場できる人数は男女それぞれ十人ずつだった。出場するためには予選で勝ち残る必要がある。生徒達は自分の式神を見て貰うために式神作りに精を出していた。

暖かい風が春を運んで木の葉が芽吹き木立を緑に彩った。青空はほんのりと霞み、陽気な日差しが注いでいる。晴明と雪太は教室の隅に集まって立ち話をしていた。雪太は雪玉兎で祭りの予選に出るようだ。机の上に出した兎は雪玉が三段重なっており、上玉に長い耳と赤い目がついていた。

「晴明は何の式神で出るんだ?」

雪太に尋ねられても晴明は答えられなかった。化鼬の治療や召狐の作成に時間を割いていたので、祭りについて考えていなかった。すると氷満達が机の前に立ち塞がった。

「予選も化鼬で出るなら勝ち残るのは難しいだろうね」

氷満は悪態をついて白い髪を靡かせた。彼は化鼬騒動の後から更にしつこく付き纏うようになっていた。

「無論僕は化鼬で出るさ」

晴明は咄嗟に言い返した。晴明の化鼬は傷が癒えてすでに変化の術を使える状態になっていた。化鼬は様々な物に変化する形質を持っているので、晴明は化鼬に芸を仕込んで予選で披露しようと考えた。

氷満に宣言した日から、晴明と化鼬の特訓は始まった。化鼬が剣や鎖鎌や人間に変化するには、対象の匂いを嗅いで覚える必要があった。晴明は庭先で剣の匂いを化鼬に嗅がせていた。

「おぼえたか」

晴明が声をかけると化鼬は尖った鼻先を動かして頷いた。化鼬は変化すると必ず尻尾を剣の柄先に残してしまっていたが、他は完璧に剣を再現していた。剣の刀身は研ぎ澄まされており、波の刃文が浮かんでいる。

予選当日、晴明は列の最後尾に並んで先生に披露する順番を待っていた。氷満は火を吐く蜥蜴の式神を見せていた。火蜥蜴の炎は鉄を加工する際の産業用式神や、風呂を沸かす家電用式神として重宝されている。火蜥蜴は全身の斑点から火の粉を散らして、体内に秘めた高熱の炎を表現した。

式神の評価基準には遺伝点と環境点の二種類が

あり、氷満の火蜥蜴は遺伝点が満点に近いと先生に高く評価されていた。やっと晴明の順番になって教室に入ると、先生はすでに疲れている様子だった。男子生徒五十人の式神を見るのは骨が折れる作業らしい。だが最後に披露した晴明の化鼬は先生に強い印象を与えていた。化鼬は氷満の火蜥蜴とは対照的に環境点を高く評価されていた。術を良く教え込まれており柔軟な対応力を見せていた。

試験結果は後日教室に掲示された。人だかりを避けて掲示を確認すると、晴明と氷満の名前が本選に進む十名の中に記されていた。

「いいなぁ」

雪太が独り言ちていると、晴明達の隣から甲高い歓声が上がった。騒がしく集まった生徒達の中心には氷満がいた。

「俺は祭りの本番ではさらに凄い式神を用意している。他人の発明した式神を真似するだけでは真の式神使いとは呼べないね」

氷満は馬鹿声を上げると晴明に視線を投げかけた。氷満は評価点が晴明より高かったのを自慢にしていた。彼は得意満面の笑みを隠さずに晴明に詰め寄ると無造作に手を肩に置いた。現在名前の付いた式神は誰かが昔に作成方法を編み出した式神であり、学校では彼等が文書に残した作成方法を教えていた。人の考えた式神を真似して作るのは勉強すれば誰でもできる事だった。自分で式神を発明して初めて一人前の式神使いと呼ばれるのだ。氷満は次の祭りで新作の式神を披露すると豪語していた。氷満の家系は蝸牛型の式神を開発してから莫大な権力を得ている。糸蝸牛は織物産業では必須の式神になっており、織物工場の雇い主は皆氷満の家から糸蝸牛を買っていた。親に出来た発明が自分に出来ないはずが無いと氷満は思っていたのである。

「僕だって化魎に新しい変化を仕込んでいるさ」

晴明は張り合ったが上手い返答になっていなかった。

「だから古い個体でなくて新しい個体を作らなければ駄目だと言っただろ」

氷満は溜息をついて肩を竦めた。晴明と氷満の間には険悪な空気が漂い一触即発の状態に陥っていた。両者共に睨み合い視線を外そうとしなかった。

「例えばそうだな。【祟り神】を作れば世紀の大発明になるだろうね」

氷満は冗談めいた口調で話した。彼もまさか本当に晴明が祟り神を産むとは想像しなかったのだろう。祟り神は禁忌とされる式神だ。作成すれば失格になるのは明白だった。

「良いだろう、作ってやる」

晴明が真面目な顔をして言い放つと、氷満は予想外の返答に目を見開いた。化鼬の件とは訳が違った。祟り神を産めば悪戯では済まないのだ。

私が一連の会話を監視蝶の録画から聞いたのは、事件が起きた後だった。もっと早くに彼等の動向を知っていれば防げた事件だったように思える。彼の行動を若気の至りと片付ける人もいるだろうが、私にはそうは思えなかった。彼は真剣に悩んでいたのだ。後から晴明に聞いた話だが、晴明は召狐の作成を試みていた際に気づいたらしい。式神は人間に従っているだけでは真に人間と心を通わす事はできないと。晴明が作成したいのは心の通った召狐だった。自

分を愛してくれる理想の親を作りたかったのである。

祭りの当日は多くの観衆が集まり、広間の壇上を円形に囲んで座っていた。一、二段目の座席に生徒達が座り三段目に親や来賓者が座った。壇上や席場は全てククチの木の木材で造られており、太い柱と梁に貫を用いて互いの部材を貫通させる強固な構造になっていた。

「木霊鎮めしククチの里よ。

ダーダマ降りて式神作れ。

人と式神契りを交わせ」

祭りの始まりには里の成り立ちを語る歌が詠まれて、生徒達は壇上で笛を吹いて舞を踊った。篠笛の音色に合わせて回転する舞は優雅で洗練されていた。ククチの里は森林を切り倒した後地に建てられた里である。木を切った際に放出される木霊の暴動により昔の人々は難儀していた。それ故木霊の怒りを鎮めようとする儀式が行われるようになった。昔の儀式が発展して現在の祭りになったのだ。歌が終わると式神の披露が開始された。時間は一人当たり十分間与えられていて自由に芸を披露する。三段席には上役の式神使い達が来賓しており、式神の評価採点を行っていた。祭りの最後に評価点を発表して優勝者を決めるのだ。男女合わせて二十人が披露する日程になっており、晴明は霧華の次の順番だった。

「一人目の生徒の発表です」

司会が告げると幕が上がって壇上に氷満が現れた。氷満は堂々とした態度で大きな巻物を脇に携えていた。巻物を広げると真っ赤で巨大な竜の式神が姿を見せた。火蜥蜴を氷満が独自に進化させた式神だった。腕と脚の筋肉が発達しており顎には鋭い牙が並んでいる。両肩に具した翼は広げると壇上全体を覆った。翼を羽ばたかせて風を切ると自由自在に空を飛ん

だ。口から吐く炎が空を焦がして火花を咲かせた。熱気が観衆席まで届くと会場は歓喜に沸いていた。氷満が炎竜を手元に戻して一礼すると、観衆から盛大な拍手が送られた。氷満は満足気に胸を張って降壇した。

その後も生徒達の披露は続いて、霧華の出番が回ると晴明も裏口へ準備に走った。霧華は巻物を広げると白くて巨大な八鈴大蛇を出現させた。蛇の頭は八ツに分かれていて、鋭い蛇目で会場を睨んでいた。尻尾の鈴を鳴らして威嚇音を発すると、雨雲を呼び寄せて

会場に雨を降らした。観客から喝采が上がると霧華はお辞儀をして壇を降りた。霧華は裏口を通る際に待機中の晴明を尻目にして横切った。

「狐の癖に。式神に同情心を持つ振りをして、皆の前で私を悪者扱いした罰だ」

霧華は小声で呪詛を吐くと爪を噛んだ。霧華の番が終わっても大蛇の雨は降り続いた。そのため晴明は雨の中披露せざるを得なくなった。また祭りも終盤に差し掛かり観衆も疲れ始めていたのだろう。目を伏せて居眠りしている人や隣の人と話している人もいた。晴明の披露は全く注目されない状態で行われたのだ。

幕が上がると壇上の中央に佇む晴明が現れた。足元には巻物が置かれており不気味な妖気を放っていた。あのような物は事前申告の際に伝えられてなかった。晴明は化鼬で出場すると聞いていた。私は二段目の観衆席から晴明の様子を見ながら奇妙に感じていた。晴明が巻物を広げても式神は一向に姿を見せず、俯いたまま巻物を弄るだけで何も始まらないのである。観衆が異変に気付いた頃には遅かった。周囲の音が消え去り巻物から黒い靄が溢れ出した。靄は一面に広がると次第に濃くなり影となった。影は揺れ動いて引き延ばされて凝縮した。影は人型に姿を整えると晴明に近づいて何かを呟いた。影は風船のように膨らんで突然破裂すると四方八方に飛び散った。複数ある影の一つは晴明に襲い掛かる

と鋭い爪と牙を突き立てた。晴明が影を剥がそうとしても無駄だった。影は晴明の身体の自由を奪い腹の肉を引き千切った。晴明は真っ赤な血を噴くと倒れて動かなくなった。さらに別の影達は観衆席に飛散して暴れ狂った。逃げ惑う人達を背後から襲って傷つけた。特に氷満は悲惨だった。氷満の顔にへばり付いた影は爪で目玉を抉り取った。氷満は両手で顔を押さえて泣き叫んでいた。私は緊急事態に立ち上がると巻物から百足兜を三匹繰り出した。百足兜は刀でできた腕で影達を次々と斬り落としていった。百足兜の足は素早くて晴明と氷満に憑いた影も瞬時に斬り払った。しかし観衆の間を縫って走る影を一匹だけ取り逃がしてしまった。学外に飛んだ影は姿を消してそれ以降行方不明となった。

晴明は目が覚めると保健室にいた。まだ頭が茫然としており目の焦点が合っていなかった。化鼬が晴明の頬を舌で舐めていた。身体を起こそうとすると激痛が走ったようで、晴明はもう一度横になって瞼を閉じた。死んだように眠り再び目覚めたのは一週間後だった。先生に呼び出された晴明は教員室で正座していた。先生達は眉間に皺を寄せて晴明を囲み座っていた。皆一様に黒い狩衣を纏い立烏帽子を被っていた。

「何故祟り神を作ったのか」

私が真っ先に晴明に尋ねた。晴明と一番関わりがあるのは私だったので、晴明に言って

百足兜
体高 130cm
体重 50kg
値段 100万円
速度型
攻撃型
防御型
百足

聞かせるように他の先生方に申し渡されていたのだ。

「僕は召狐を作りたかっただけです。人間達が勝手に優劣をつけて劣るものを排除していては、自由意志のある式神は生まれません」

晴明は俯きながら答えた。彼は祟り神を甘く見ていたようだ。一人で作成した時は暴走せずに巻物に入っていたので大丈夫だと思ったらしい。先生達は罰として晴明を退学処分にしようとしたが、学長は許可しなかった。学長は一年間晴明を学校に置いて、祟り神に対抗する術を教えた方が得策だと判断したようだ。祟り神を真に打ち倒せるのは産み出した本人しかいなかった。逃した一匹の祟り神は今でもこの世のどこかに潜んでおり、人々に危害を加え始める可能性も考えられた。晴明に祓って貰わなければ困るのだ。

晴明が保健室で一人勉強していると雪太が見舞いに来てくれた。祭りの優勝者は男子が氷満で女子が霧華に決まったらしい。晴明は当然失格だったが、祭りの結果に本人は拘っていない様子だった。それより私が気になるのは氷満の方だった。氷満は片目を失明してから口を利かなくなった。彼は晴明を激しく憎んでいるようだった。

晴明は同学年の生徒達が卒業してから、一年遅れで旅立った。その期間で祟り神に関する資料を読み漁り鍛錬を重ねた。入学した当初より背丈も成長して体つきも大きくなっている。晴明は校門の前に立つと空を見上げた。木々に桜が咲き誇り桃色の雲をかけていた。舞い降りる花びらは新しい門出を祝っているようだった。晴明の祟りを祓う旅路が今始まったのだ。

糸蝸牛編

僕が式神使いとして最初に派遣された任務は織物工場の衛生管理だった。工場には産業用式神が多数使役されており、職場の式神が正しく扱われているかを点検するのが僕の仕事だった。作業方法や衛生状態に有害を発見した場合は直ちに措置を講じる必要がある。また式神の扱い方を周知して事業者に助言を行う衛生教育も業務内容に入っていた。式神使いが労働環境を改善して労働者の健康を守る役目を担っていたのだ。

僕は工場に到着すると、作業場一面に敷き詰められた糸蝸牛を拝見した。蝸牛は音を立てながら忙しなく織物を織っていた。長さを揃えた経糸を綺麗に並べて張ると、そこに緯糸を

一段ずつ入れて、緩んだ緯糸を筬打ちして整えていた。緯糸を通す隙間を作るために、経糸を上下に引っ張って分ける開口装置が巻貝の内部にあった。織られた布は蝸牛の口から吐き出されており、経糸と緯糸が交差して織られた布は品質が良くて丈夫だった。織機用式神が開発されてから、布を織る速さは人力織機と比べて急激に向上した。しかし一人の作業者が複数台の糸蝸牛を運転する事が可能になっても、全ての作業が糸蝸牛でできるわけでは無かった。緯糸が無くなった際に交換したり、経糸が切れた際に停止させるのは作業員が手作業で行わなければならなかった。そのため作業員は常に糸蝸牛を見張っている必要があった。

「失礼します」

僕は事務室に入ると事業主に挨拶した。事業主は

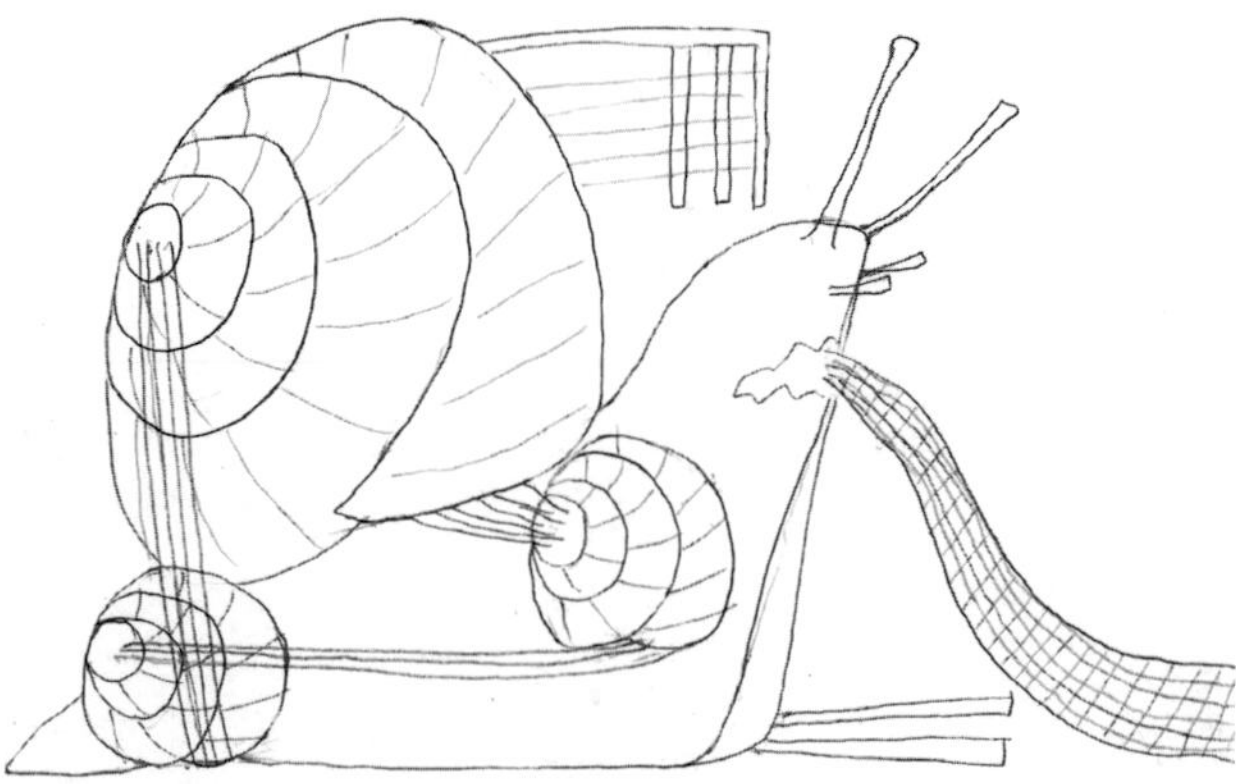

糸蝸牛

体高　120cm
体重　70kg
値段　40万円

笑顔で応接したがどこか他人行儀だった。式神使いは審査した結果を式神協会に提出するため、厄介な存在として認識されているのだろう。事業主は悪い評判を上に報告されないように媚びへつらっていた。

「作業員に休憩時間を設けていますか」

僕は雑記帳を片手に調査項目を尋ねた。蝸牛は湿度の高い環境を好むため、作業空間を高湿度に保つ必要があった。だが作業員は部屋に長時間閉じ籠ると逆上せてしまうため、定期的に外に出て休息を取るよう規則に定められていた。

「勿論していますとも」

事業主は手を摩りながら話した。作業員達の血色は悪く無かったが表情は乏しかった。作業員達は蝸牛の傍でまるで幽霊のように立っていた。昔は手作業で織っていたので、熟練された技術のある職人でなければ機織りは務まらなかった。職人は周囲の人達から重宝されて賃金も高く設定されていた。しかし現在では機織りは蝸牛に織らせれば誰でもできる職に成り下がってしまった。次第に労働者の扱いは雑になり賃金も低くなった。蝸牛は正確迅速に糸を紡いで大量に布を生産できるため、買う側は安い値段で様々な衣服を買えるようになったのである。反面働く側にとっては厳しい時代になってしまった。作業員は人材の替えが効くのでいつでも解雇される不安があり、事業主は式神の性能に価値を置いて人間を育てなくなった。利益の殆どは糸蝸牛を製造する式神使いに取られてしまい、現場で働く労働者の賃金は低く抑えられた。しかし労働者の不満の矛先は式神使いに向かずに、同じ労働者に向けられ始めた。蝸牛が無かった時代に生きた年配の職人達は、苦労して布を織った事の無い新人達を蔑んでいた。

僕は作業場を巡視していると殻の破損した蝸牛が目に止まった。蝸牛の巻貝はカルシウムを摂取して維持している。そのため作業員は石灰岩を蝸牛に食べさせる必要があった。しかし作業場を拝見する限り石灰岩は十分に与えられているようなので、今回の破損は物理的な原因が考えられた。

「何故殻が破損しているのですか」

僕が尋ねると事業主は目を逸らした。

「義来！」

化鼬が鳴いて晴明の肩を揺さぶった。化鼬の嗅覚は鋭くて異臭を感じると知らせてくれた。奥を覗くと鍵の掛かった倉庫に突き当り、倉庫の扉を慎重に開けると蝸牛の死体が数体横たわっているのを発見した。蝸牛は柔らかい体を殻の中に引っ込めており、殻は破損

して無理矢理剥がされていた。

「誰かが蝸牛を破壊したのです。断じて許せません」

事業主は大げさな身振りをして怒りを表現していた。実のところ事業主はこの事件を解決して貰いたくて僕を呼んだらしいが、事件はあらかじめ協会側に伝えられていなかった。また本来は上役の式神使いを呼ぶ事案に、僕のような新人の式神使いを呼んでいるのもおかしかった。事業主は工場の評判をよほど気にしており、事件を表沙汰にしたくなかったと思える。

僕は作業員に聞き取り調査を開始した。作業場には鍵が掛かっていたので、外部の人間による犯行は考えられなかった。作業員には女や子供が多く在職していた。昔の女は家の中で家事をしていたが、現在は家電用式神の発展により家事労働の価値が低くなっていた。そのため女も労働力となり外に出て働く意識が芽生えていた。

「私は知りません」

女達は皆首を振り、自分とは関係の無い話として決めつけていた。順番に作業員と面会するとある男の前で化膿が反応した。蝸牛の死体と同じ匂いがしたようだ。男の名前は羅大土といって、中高年で髪に白髪が混じり中肉中背の体格をしていた。男は平凡な印象で話し方も朗らかだった。僕は男が特別悪い人間に思えなかったが、念のため就業後に精査するリストに入れた。

僕は壊れた糸蝸牛を巻物にしまうと再び事業主と交渉した。事業主からは不足した蝸牛の繁殖を依頼された。式神は繁殖させた方が新品を買うより値段が安く済むが、繁殖させてから大人になるまでに時間が掛かった。蝸牛のように大型の式神となると尚更である。今回の繁殖では兆候が現れるまで最低でも丸一日は掛かる見込みだった。僕は倉庫を木箱の代わりにして二対の蝸牛を倉庫の中に入れると扉を閉めた。式神は木箱のように人に見られていない密閉空間でのみ繁殖する。式神は人の目があると性行為をしない繊細な生き物なのだ。僕が扉に背を向けて帰ろうとすると倉庫の中から奇妙な物音がした。糸蝸牛とは異なる妖しい気配だった。僕は扉を静かに開けると目の前に影がいた。【祟り神】だ。黒く淀んで輪郭のおぼつかない影は、次第に濃く切り抜かれて闇となった。白狐の面が燐光を放ちながら浮かんでおり、目と口には切れ長で赤い線が走っていた。墨を溶かしたような幾本の尻尾が背後に伸びて揺らめいている。闇の裂け目からは老人のような腕が二本生えており、背丈は天井に届く程に高かった。倉庫内は空気が重く沈んでいて息がしづらかった。

祟り神
体高 ?
体重 ?
値段 ?

「何故産んだ?」

祟り神は囁くと腕を伸ばして僕の首を掴んだ。触れた手は冷たくて背筋を凍らせた。僕の頭は祟り神の腹部に押し付けられると、深い闇に引きずり込まれた。僕は慌てて闇を振り払って顔を上げると、逃げるように倉庫の外に出て扉を閉めた。祟り神がそれ以上追って来る気配は無かった。僕は座り込んで膝を抱えると、身体の震えと胸の鼓動が鳴り止むのを待った。祟り神の冷たい手の感触がまだ首筋に残っている。祟り神は以前学校で会った時よりも影が濃くなり、想像できるあらゆる恐怖を丸めた姿をして佇んでいた。祟り神は僕を酷く憎んでおり、すでに意思のある言葉を話すほどに成長していた。結界のない学外で式神を繁殖させたのは失敗だったらしく、僕の居所は祟り神に見つかってしまったのだ。祟り神の鬱蒼とした闇は僕の背後に迫り来ていた。

次の日の就業後に僕は例の男を尾行した。男は工場から退出すると大通りを右に回った。彼は市松模様入りの小袖に下駄を履いた庶民的な服装をしており、暫く歩くと銭湯の前で足を止めた。男の後に続いて暖簾を潜ると、銭湯の湯気が立ち上り硫黄の匂いがした。夕刻の銭湯は入浴とは名ばかりの湯女風呂を営んでおり、むさ苦しい男の客で賑わっていた。銭湯は一階に風呂があり二階に交流場があった。男は風呂に入らずに階段で二階に上がっ

ゆ

た。交流場では数人が菓子を食べながら将棋を指して会話を楽しんでいた。男は交流場も素通りすると従業員しか入れない扉を開けて裏口に回った。僕は監視蝶を男の背中につけて扉の前で待った。監視蝶から男の動向を探ると、薄暗い通路を奥に進んで天井の低い部屋に入るのが見えた。部屋は音が漏れない密室になっており、男達が数人腰を降ろして密談を交わしていた。

「集まってるか」

男は声を潜めて言うと鍵を念入りに閉めた。すると一人の男が顔を赤くして立ち上がった。

「昔は式神などと便利な物は無かった。俺達の世代は全て手作業でやってたんだ。式神なんぞに職を奪われてたまるか」

男は周囲を気にせず捲し立てていた。会話の内容を聞いているとその男は傘職人だとわかった。傘も式神が大量生産できるようになってから職人の価値が無くなったらしい。男は社会から無下に扱われた不満を口にして唾を吐いていた。その瞬間監視蝶の映像が途絶えて扉の奥から大声が聞こえた。監視蝶が見つかり潰されたのだ。突然扉が無造作に開いて男が姿を現した。

「お前、何聞いとるんじゃ」

男は怒鳴り散らすと僕に殴りかかろうとしたが、僕の服装から式神使いだとわかると彼は方向転換して逃げ出した。代わりに奥に控えていた他の男が巻物を広げると、百足兜が白煙と共に姿を現した。百足兜はただの村人が所持できる式神では無かった。式神協会の許可無く武装した式神を持つ事は禁じられていた。

「戯逆義！」

百足兜が金属の軋むような鳴き声を発した。百足は三日月を象った兜を被り、多数の体節からなる長い胴体に多くの脚を有していた。立ち上がった上半身には刀身でできた両腕が生えており、上段と中段で二本の刀を構えていた。百足は多数の脚で機敏に移動すると、僕に向かって勢い良く襲い掛かった。僕は剣に変化させた化鼬で百足兜の刀と激しく打ち合った。剣と刀は十文字に交わると火花を散らして音を立てた。化鼬の変化が少しでも遅れていれば刀身が喉元に突き刺さっていただろう。僕は鍔迫り合いの状態から左足を引いて百足の空いた首の体節に斬り込んだ。だが百足の硬い殻に覆われた体節を斬り倒すのは敵わなかった。百足兜は距離を取ると再び体勢を整えて突撃してきた。百足が地面を這うように蛇行して右腕の刀を斬り降ろそうとすると、僕は巻物から電光蛍を撒いて百足の視

界を塞いだ。百足はそれに構わずに突き進んだが、体の節に蛍が挟まり動きを鈍らせた。僕は化鼬を鎖鎌に変化させて百足兜の腕を鎖で捕えた。鎖を引き寄せると百足は踊るように回転して、先程の剣傷がある体節を露わにした。僕が再び鎌で傷跡を叩き斬ると、傷跡から真っ二つに百足兜の首は折れた。中身から噴出した青い血飛沫が部屋の天井に染みをつけた。僕は百足を倒すと男達を追って大部屋に走った。階段を降りて逃げる男達に蛍を放つと、男達はあっけなく縄に捕まった。

密談内容を事情聴取すると、彼等は式神を壊すために集まった組織であると白状した。

「俺達は事業主や式神協会に反抗の意思を示しただけだ」

男達は淡々と供述した。彼等は式神により職の権威を奪われてしまい式神を酷く憎んでいた。だから式神を打ち壊して式神の無かった時代に戻そうと考えたのだ。式神使いに搾取されて貧困に喘いでいた彼等は、格差社会を是正するために団結して立ち上がったらしい。組織には様々な職の人間が集まり、人づてに百足兜まで入手したようだ。僕はこれらの内情を書状に記すと式神協会に送った。事業主は報告しないようにせがんだが僕は報告した。事件を表沙汰にする事が彼等の願いを果たす事にも繋がると考えたからだ。暴力に訴える行動には賛同しかねるが、彼等の動機には納得する所があった。式神協会で審議してから式神に職を奪われた人々にもできる仕事を与えて、給料を上げる必要があるように思えた。僕は伝書烏という式神に書状を運ばせると、迎えに来た式神使い達に男達を明け渡した。男達の罪状がどうなったかは知らないが、恩情の余地ありと書に認めた。

雲暗編

伝書烏は文書を運んで届ける式神だ。尾羽に文書を括りつけると空を飛んで目的地に届けてくれる。式神協会からの仕事や情報は全て伝書烏から伝えられている。僕は次の仕事の指示が入るまで暇ができ

たので、自分の産まれた故郷に帰る事にした。式神学校に拾われてから家に戻るのは避けて来たが、兼ねてより里帰りをしたいと考えていたのだ。僕の家がある場所は雨京先生から聞かされていた。召狐に育てられた過去を思い出すのは辛い作業になるが、祟り神との戦いを模索するためにも一度帰る必要があった。僕は胡瓜馬の引く台車に乗ると御者に金銭を渡して旅立った。胡瓜馬は長距離を移動する際に利用される運送用の式神である。胡瓜馬の脚は割り箸で作られており、脚を軋ませながら草原を駆けた。照り付ける日差しが肌を焼いて、空気の纏わりつく蒸し暑さを感じた。夏草が雑踏に生い茂り、蝉の鳴き声が熱気を掻き立てている。僕は頬に伝う汗を袖で拭って揺れる台車に身を任せた。空は真っ青に晴れ上がり白い雲が沸き立っている。厚い雲は地上に

暗い影を落としていた。
到着した家にはすでに別の人間が住んでいた。僕が発見されてから十年程経つので当然だろう。この地で暮らしていた記憶は殆ど無かったが、懐かしい雰囲気を肌で感じた。水の張った田んぼには稲が青々と埋め尽くしており、首をもたげた稲穂が風に靡いていた。深呼吸をすると土の養分と澄んだ水の匂いが肺一杯に広がった。僕は大きな石に腰を降ろすと田んぼの景色を眺めながら一人物思いに耽った。そうだ僕には妹がいた。名前は雲暗。他にも数人の兄弟がいた。雨京先生は僕が育った当時の記録を日記に残している。僕は先生の日記を元に曖昧な記憶を辿り始めた。

「養育日記」

三月五日
私は式神に育てられた子供の噂を耳にして調査に向かった。家に群がる人々を押し分けて見ると、四つ足で歩く人間の子供が二人いた。子供達は部屋の隅で身体を寄せ合い縮こまっている。子供達の傍には白い毛をした召狐が寄り添って子供を守っていた。召狐が買い物に出かける姿を多くの近隣住民が目撃していたが、住民達は召狐を使役した人間がいるのだと思い込んでいたらしい。実際には召狐が一人で食料品を買い漁り子供に食べさせていた。最初に子供達を発見した人間は家に忍び込んだ泥棒だったようで、犯罪者しか近寄らないような貧相な家だった。隣人に声をかけない町だから、悲惨な状態になるまで放置されていたのだろう。私は子供達を学校に引き取り育てる事に決めた。環境が人間の発育にどれ程影響を及ぼすのかを研究する良い知見になると思ったのである。

三月二十日

二人の子供を晴明、雲暗と名付けた。年齢は晴明が十一歳、雲暗が十歳頃と推定された。二人が人間に慣れるまで時間が掛かったが、我々は毎日彼等に話しかけた。始め彼等は人間を嫌って、我々が近づくと威嚇して物陰に隠れてしまった。特に雲暗はその傾向が強くて、長い髪の毛を振り回して逃げた。身体を綺麗にして着物を着せると、見た目は普通の人間と変わらなかった。晴明の後を付いて回る雲暗の様子を見ると私は胸が苦しくなった。正常に育っていれば普通の子供だったのだろう。

四月一日

姿勢を二足歩行に矯正した。始めは棒に捕まりながら立って、徐々に歩数を重ねた。

背筋が伸びると彼等の目に光が灯ったように見えた。

五月十日

我々は二人に箸の持ち方や着物の着方を教えた。二人は嫌がったが次第に威嚇行為が少なくなり大人しくなった。手先を使った作業は脳の発達を促した。また我々は彼等と遊びを通じて心理的距離を縮めた。特にかるた遊びは集中力や記憶力や協調性を鍛えるにも役立った。

六月一日

二人に教科書を手習いさせて文字の読み書きを教えた。文字が読めれば実生活で不利益を被らないで済むはずだ。私はいろはや数字や往来物など様々な知識を二人に学習させた。彼等はそろばんを弾く計算術も真面目に勉強していた。

七月二十日

二人は我々の指示に従い行儀良く暮らしていた。勉学に励んで日に日に出来る事が増えていった。しかし我々は彼等に奇妙な違和感を感じていた。彼等は我々が命令した事以外しないのだ。文字の読み方を尋ねても、質問に答えるだけで何も聞き返さなかった。また彼等は我々と話すよりも式神と交流するのを好んだ。二人は私の使役した化鼬に鼻を擦り合わせて挨拶すると、鳴き真似をして意思疎通を図ろうとしていた。彼等は自分達を人間でなくて式神だと思い込んでいるようだった。式神は人間の命令に従順に従うので、彼等も我々の言う事に従っているだけに思えた。

八月十日

我々は彼等にある実験を施してみた。何も命令しないで放置すればどんな行動を取るのかを試したのだ。人間らしい生活を継続できれば良いが、以前のような獣並みの生活に戻ってしまえば我々の研究は再考せざるを得なくなるだろう。我々は声かけを中断して彼等を遠くから見守る事にした。

八月二十日

二人は腹が減るとご飯を食べて、眠くなると寝た。しかしそれ以上の活動はしなくなった。我々が傍を通っても気にせずに二人でじゃれ合い遊んでおり、彼等から我々に話しかける事は無かった。

九月十日

雲暗が死んだ。突然の出来事だった。彼女は風呂に入らず不衛生にしていたので、病気に罹り亡くなったのだ。晴明は雲暗の死体にしがみついて一晩中泣いていた。雲暗が動かなくなったのを悟ると、晴明は雲暗から離れていった。

十月一日

晴明は一人で佇んで考えるようになった。人に命令されてするの

でなくて、自ら行動するようになった。自発的に風呂に入り、勉学に励み、人に話しかけるようになった。何が晴明の中で変わったのかはわからない。だがこの時から真に晴明は人間らしくなったのである。

僕は雨京先生の日記を読み終えると顔を上げた。目の前には一本のククチの木があった。雲暗が亡くなったときに遺骨と共に埋めた木の実が木に成長していたのだ。現在では僕の背丈より高く伸びていた。ククチの里では人は死ぬと魂が天に昇り肉体は自然に還ると教えられている。僕は雲暗の木に手を合わせると、雲暗があの世で安心して暮らせるように冥福を祈った。伝承では遺骨と共に育った木には親族を守る力があると伝えられている。雲暗の木には小さな赤い木の実が実っていた。僕は赤い木の実を一つ貰うとお守りとして懐にしまった。

僕は水田のあぜ道を歩いて沈んだ気持ちを晴らした。夕日が雲を茜色に染めており、水辺では虫達が命を育む準備をしていた。ふと田んぼに視線を移すと忙しなく動く人影が見えた。農業用式神である田植亀の背中には、田植え作業をする農家が乗っていた。尻尾の植え付け爪で苗を持つと次々と土に挿し込んでいる。田植えが手作業で行われていた時代

には苗の植え方に正確な技術が要求されており、人力での作業は大勢の人間が屈んで行う重労働だった。しかし田植亀の発達した現代になるとその必要性が無くなった。田植亀は複数の苗を一度に等間隔で植える事ができた。田植亀に職を奪われた農家達は職を求めて都会に出た。僕の両親は農家だったらしく、職を無くした両親は子供の僕達を残して逃げてしまった。貧困層ほど考え無しに子供を沢山産んで、子を労働力にして金を稼ぐのである。昔はそれでも働き口があった。だが式神の発達した現代では、教育を受けていない人間は使い物にされなかった。職の無い人間は死ぬしかないのだ。また式神学校に通わせるには高額な学費が必要になった。僕達の両親には子供に教育を受けさせる金も無かったので、召狐に子供達の面倒を見るように命じると、両親は僕達の前から姿を消した。残された子供達は僕と雲暗と他に三人の兄弟がいたが、三人は栄養失調で死んだらしい。僕達が発見されたのはその七年後だった。何が僕を産んだのか。何が僕の心身に障害を負わせたのか。ずっと怒りをぶつける矛先が見えないでいた。そうだ。

【社会の歪みが僕を形作ったのだ】

田植亀
体長 300cm
体重 240kg
値段 50万円
稲
稲
稲
稲
稲
稲
稲
稲
稲
稲
稲

区画隊編

式神協会が飛ばした伝書烏から任務の通達が届いた。次の仕事はある村で頻発している辻斬り事件の調査だった。僕は目的の村を目指して茄子牛の引く台車に乗った。茄子牛は胡瓜馬よりも速度が遅いが乗り心地は良かった。肩に乗った化鼬が大きく欠伸をすると、故郷の景色を胸にしまいながらゆっくりと旅立った。

僕は村に到着すると、事件現場になった長屋を訪問した。裏長屋の井戸には村人達が集まり、水を汲みながら事件の噂話を楽しんでいた。伝書烏の運んだ文書には辻斬り事件の大まかな情報が記されていた。事件の起きた全ての家には病人や障碍者が住んでいたらしい。彼等は医療用式神である医海月をつけた生活を余儀なくされていた。事件後には医海月を装着した状態で患者が亡くなっていたようだ。医海月は体液を流した状態で破損しており、中央部には刀傷があった。何者かが医海月を刀で斬ったと考えられる。

僕は長屋の一室に入ると、海月はそのままの状態で横たわっていた。医海月の身体は透明で柔らかい傘のような形をしていた。布団の敷布には体液の染みが残されている。患者

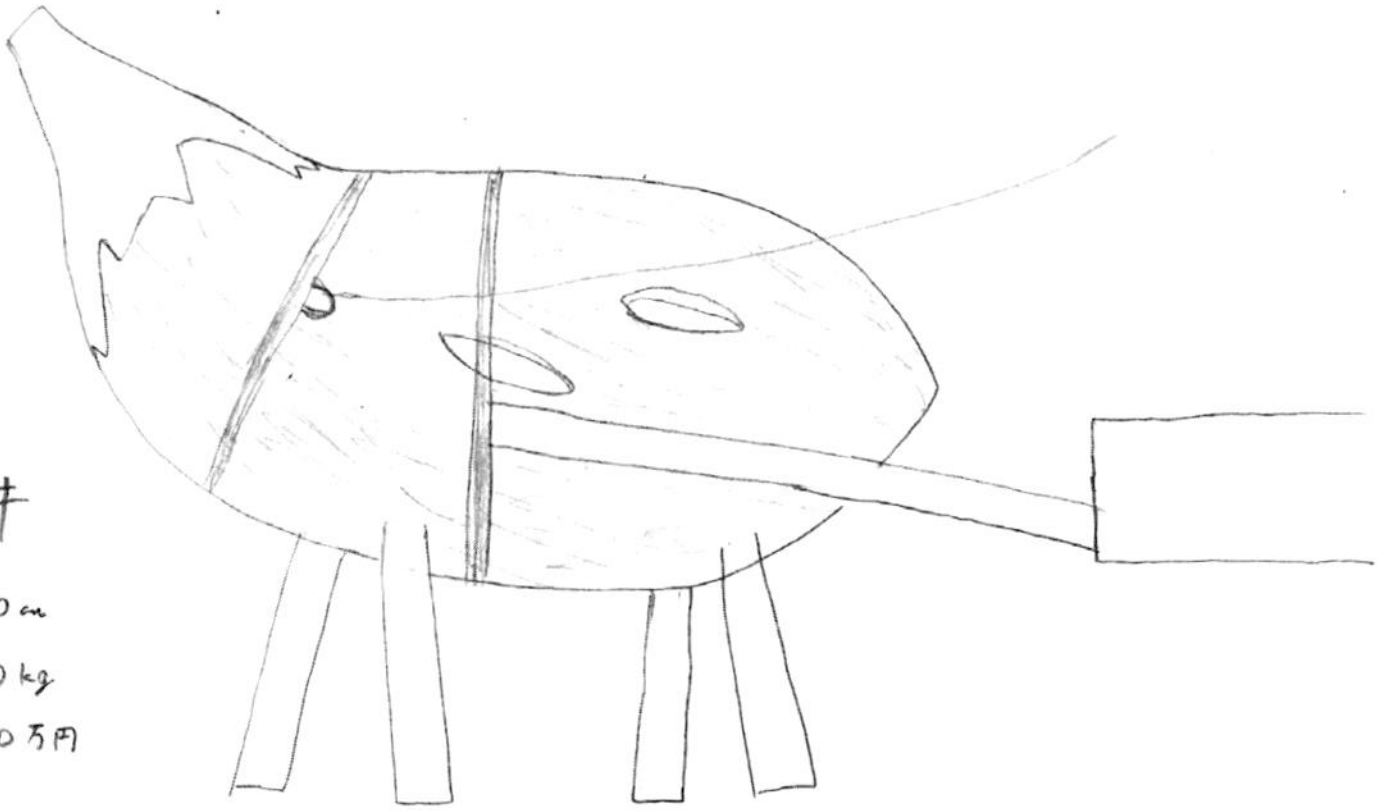

茄子牛

体高 160cm

体重 30kg

値段 20万円

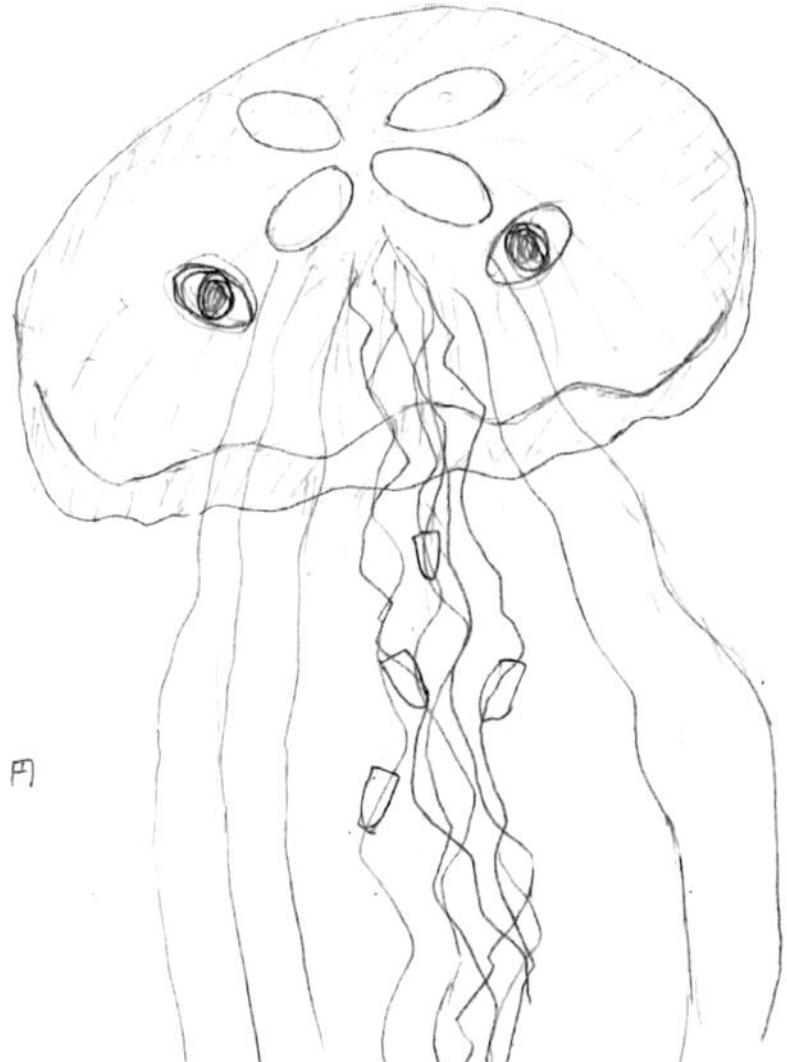

医海月

体長 60cm

体重 3kg

値段 20万円

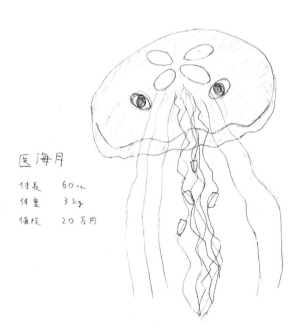

を診療していた町医者も事情説明のために同行して貰った。町医者は神妙な顔つきで医海月の隣に立っていた。医者を補助する付添人も来ており手には薬箱を持参していた。

「診察しに家を訪れたらこのあり様でした」

町医者は声を落として話した。町医者の説明によると、医海月は病患部を包み込むように装着されていたらしい。触手で病患部を治療して、傘の下面の口から毒気を抜いたり薬を投与していた。しかし医海月が斬られて患者も延命できずに亡くなっていたのだ。

「安心して下さい。僕が犯人を捕まえます」

僕はゆっくりと彼等に目線を合わせて言った。町医者と付添人は患者の民家を一件ずつ回って診療しているようだ。病人を狙う辻斬り事件が最近頻発しており、村人達も恐怖しているらしい。一刻も早い事件解決が求められた。僕は犯人を特定するために、次に狙われそうな民家の全てに監視蝶を設置した。異常があれば監視蝶が知らせてくれるだろう。

真夜中の丑三つ時、一羽の監視蝶から連絡が入った。屋内に置かれた蝶の映像には不審な人影が映っていた。僕は即座に合図のあった方角に走った。しかし僕が民家に辿り着いた頃には、すでに海月は斬られた後だった。病人は医海月を装着したまま眠っていてまだ息があった。僕は長屋の大家さんに一声掛けると、犯人の行方を追って表通りに出た。周

囲は真っ暗で電光蛍を使って照らさなければ足元が見えなかった。その時、早足で走り去る人影を遠方に発見した。通りの角を右に曲がると男は闇夜に姿を溶かした。梯子を登って屋根の上に跳び乗ったようだ。男はそれ程の身体能力を有していた。瓦屋根の上を器用な足さばきで駆け抜けると、鍛えられた猫のような動きで家の隙間を跳び越えた。僕は監視蝶を使って追跡すると男の行く手に先回りした。

男は橋の上で足を止めると僕に向き直った。木造の橋は弓型に建造されており、橋の下には川が轟々と流れていた。川の底は深くて橋脚には水飛沫が上がっている。闇夜に浮かぶ満月の光が男の顔を照らし出した。男の正体は医者の隣にいた付添人だった。頭髪を髷に結い血走った三白眼に裂けた口をしている。黒の小袖を纏って腰には一本の刀を差していた。男は橋の真ん中に仁王立ちすると徐に刀を抜刀した。刀身は鋭く冴え渡り鋸のような刃文が浮かんでいる。

「良く俺に気づいたな」

男が口を開くと川の水音が消えて聞こえた。

「刀を持つ事は禁止されているはずだぞ」

僕は声を大きくして問い詰めた。昔の時代は区画隊という組織が里を守っていた。区画隊は刀を持ち歩く事が許される特権階級であり、政治や裁判も上役の区画隊が担っていた。しかし式神が発展していくにつれて、区画隊の権力は衰えていった。百足兜が開発されてからは人間が生身で戦う必要が無くなり、刀を振るう古臭い修行は意味を為さなくなった。

「式神使いのせいで俺達の地位は潰えた。海月の世話をするだけの仕事に我慢できなかったのだ」

男は肩を震わせながら話した。元区画隊と思われる男は、医者の付添人をしながら刀を捨てられなかったのだろう。

「刀は区画隊の魂だった。百足兜には魂が無い」

男は続けざまに悪態をついて宙を睨んでいた。それは僕に向けて言っているので無く、里の人々皆に言っているように聞こえた。

「何故海月を斬った」

僕は事件の動機を尋ねたが男の返答は無かった。男は代わりに闘争心に満ちた殺気を放つと、刀を上段に構えた。すると男の輪郭は二つに分かれて一つは黒い影となった。影は幾本の尻尾を伸ばして、男の背後に揺らめいた。祟り神だ。祟り神が男に取り憑いて両手を肩に置いていた。白狐の面が不気味に笑い、嘗め回すような視線で僕を見た。祟り神は男に力を与えて意思を半分乗っ取っているようだった。僕は化鼬を剣に変化させると中段に構えた。僕と男は橋の上で睨み合うと互いに距離を詰めた。

「唖——」

男は気合を放つと右足を前に踏み込んだ。頭上に振りかぶった刀が覇気を纏って打ち降ろされる。僕は面の位置で刀を受けると、後ろに下がりながら横にいなした。剣から腕に伝わる激しい衝撃が僕の体勢を崩した。百足兜よりも遥かに刀筋が鋭くてきれがある。僕は返し技を打つ暇も無く、畳みかけるような男の刀を剣で払うのが限界だった。

「季紀っ」

化鼬が鳴いて衝撃に耐えられず変化を解いた。剣を失った僕は無防備な状態に追い込まれてしまった。男はその隙をついて前に出ると気剣体の一致した斬撃を撃ち込んだ。僕は左足を軸にして翻ろうとしたが、男の刀身は僕の左肩を深く斬り裂いた。僕は花弁のような血を噴き出した左肩を抱きながら地面に膝をついた。声にならない悲鳴が歯の隙間から漏れ出て、多量の出血で頭から血が抜け落ちた。僕は意識が遠のくのを堪えて巻物から電光蛍を出した。蛍は男を襲ったが、祟り神の尻尾により一瞬にして薙ぎ払われた。尻尾は橋の柵をも粉々に叩き砕いて、壊れた橋の残骸は目下の川に落ちて流れた。僕は続いて化

鼬を鎖鎌に変化させると男の脚に向けて鎖を投げた。男は脚を取られてよろめき体勢を崩した。僕は咄嗟に立ち上がると走って壊れた柵の隙間から川に身を投げた。橋から落下した僕は、鎖を腕に巻いて身体から離さずに持った。鎖は僕と男を繋げていたので、鎖に脚を縛られた男も僕に引きずり込まれるように橋から落下した。頭から着水した僕達は激しい水飛沫を上げて川の流れに身を任せた。

身体を水に打ち付けて全身が痺れるように痛かった。水面に顔を出そうとして手足を動かしたが、水が口の中に入って息継ぎができなかった。川の水は冷たくて僕の体温を着実に奪い、左肩から流れる血が真っ赤に川を染めた。僕の身体は硬直してゆっくりと水の中に沈んでいった。瞼を開けると黒い影が目の前にいた。水中で影を上にして向かい合わせに対面していた。祟り神だ。祟り神は両腕で僕の首を掴んで締めた。

「私は産まれたく無かった。私を劣等に産んだおまえが憎い。私は人間の望まぬ形で産まれた。人の住む世でまともに暮らせるはずが無い。私を産んだ責任を取れ」

祟り神は呪詛を吐くと両腕に力を込めた。僕は水の中で息が続かなくなってもがき苦しんだ。しかし僕の両手は闇をすり抜けるだけで、祟り神の身体を掴む事は敵わなかった。

僕は墨を塗り潰したような闇に呑まれて水底に沈んでいった。

《男は河原に流れ着くと砂利の上にうつ伏せになって倒れていた。日差しの注いだ砂利は熱を帯びて肌を焦がしていた。男は水を吸って重くなった衣服を脱ぎ棄てると、膝を伸ばして立ち上がった。目は虚ろで足はふらついていた。男は激しく咳き込むと飲んだ水を地面に吐いた。男は息を整えて顔を上げると、砂利の上に倒れている青年を目にした。青い袴に割れた髪をしているその青年は、昨夜対峙した式神使いだった。男は一歩ずつ近づくと刀を抜いて青年の首筋に狙いを定めた。男は刀を振り上げると一直線に斬り降ろした。青年の首は切断されて血飛沫を上げるはずだった。しかし斬ったと思われた青年は偽物であり晴明に変化した化鼬だった。変化を解いた化鼬は短い足で走って草むらに隠れた。木陰に潜んでいた本物の晴明は背後から男に飛び掛かり、両手に持った石で男の頭を殴りつけた。男が気を失って倒れると、晴明は安心して地面にへたり込んだ。晴明は伝書鳥に増援を頼むと、最後の気力を使い果たしたかのように眠りについた》

目を覚ますと僕は布団の中にいた。長屋の一室には僕しかおらず、吐息が聞こえる程静かだった。肩の傷は縫合されて薬が塗られており、顔の向きを変えると激しい痛みに襲われた。日を跨いで何日間も寝ていたようである。辺りを見回すと土間には竈があって、座り流しには水瓶が置かれていた。河原で倒れた僕を式神使い達が運んでくれたのだろう。

大家さんは僕が起きたのに気づくと部屋に入り、雑炊を持ってきてくれた。長屋の大家さんはただの管理人ではなくて、住人の衣食住の世話をするように里から仰せつかっていた。土地は全て里の所有物であり大家さんはそれを借りているに過ぎないので、大家さんは式神使いの命令に従う必要があった。大家さんは式神使いから預かっていた言伝を僕に渡すと部屋を出た。

《男に尋問して犯行動機が判明した。男の名前は聖丸といい、彼は劣等人間の繁殖を阻止する使命感に駆られていた。周囲の介助の元でしか生きられない病人や障碍者は劣等人間だと判断したようだ。劣等人間が生殖して子供を産めば劣等遺伝子が子孫に遺伝してしまうと考えた男は、それを防ぐために病人や障碍者を殺処分した。劣等人間が増殖して里の力が衰退する事に危機感を抱いて犯行に及んだと考えられる。式神使い達はこれを危険思想として問題視した。今回の事件には祟り神が関与している疑いが大きかった。そこで式神協会は祟り神を世に放った晴明の処分を再審議しなければならないと判断して、里の中枢に赴くよう晴明に命じた》

僕は式神協会からの文書を読んで身震いをした。急いで協会に出向く必要があった。

式神協会編

僕は式神協会を目指して胡瓜馬の引く馬車に乗った。里の中心に近づくにつれて住居は密集して人通りが増えた。ククチの里の都市は碁盤の目のように区画されており、南北と東西の通りが垂直に交わっている。わかりやすく整備された道は民衆の住所と続柄を管理しやすくしていた。式神協会に辿り着くと僕は馬車を降りて門の前に立った。周囲を深い森で囲われた協会は静寂さと荘厳さを兼ね備えていた。聖域と俗界を隔てる入口の門は潜ると祟りを払い除けた。入口から続く参道には玉砂利が敷かれており、砂利を踏んで歩くと音が鳴り身を清めた。参道の両脇にある蜥蜴の像は祟りが聖域に侵入しないように守っていた。拝殿の奥には本殿があり、本殿は瑞垣で囲われて内部が見えない構造になっていた。拝殿と本殿の間に位置した幣殿が両者を繋ぐ役割をしており、木々や拝殿に掛けられた注連縄が聖域である事を表していた。また拝殿には草ぶきの屋根が敷かれており、屋根の三角部分を正面とする妻入りの構造で造られていた。切妻のある屋根には優美な反りがあり、協会の威厳を象徴しているようだった。

僕は式神使いに出迎えられて、玉のいる拝殿に案内された。腕を縄で縛られると玉砂利の上に膝をついた。拝殿の床は高くて、上級の式神使い達が並んで着座していた。身分の違いにより座る順番が決められており、位の高い者程遠くに座っていた。玉は拝殿の一番奥に座っており、御簾で部屋を隔てて顔を隠していた。おそらく御簾の奥の玉は本物では無く偽物だった。本物の玉が下級の式神使いである僕に面会するとは考えられなかった。

「君は祟り神を産んだ責任をどのように取るつもりかね」

式神使いの一人が単刀直入に尋ねた。祟り神が区画隊の心に付け入り操ったのは明白だった。男が倒れた後も祟り神は逃れて里のどこかに潜んでいる。放置すれば同じような事件が起こりかねなかった。

「祟り神は僕が祓います」

僕は玉に視線を投げて話した。祟り神が他人に乗り移り悪さをしたならば、祟り神を産み出した自分が放っておく訳にはいかなかった。式神使い達はどよめいて扇子で口元を隠すと隣の者と囁き合った。

「青二才にできるわけが無かろう」

式神使いの一人は声を荒げて立ち上がると扇子で僕を指した。突然何かを頬にぶつけら

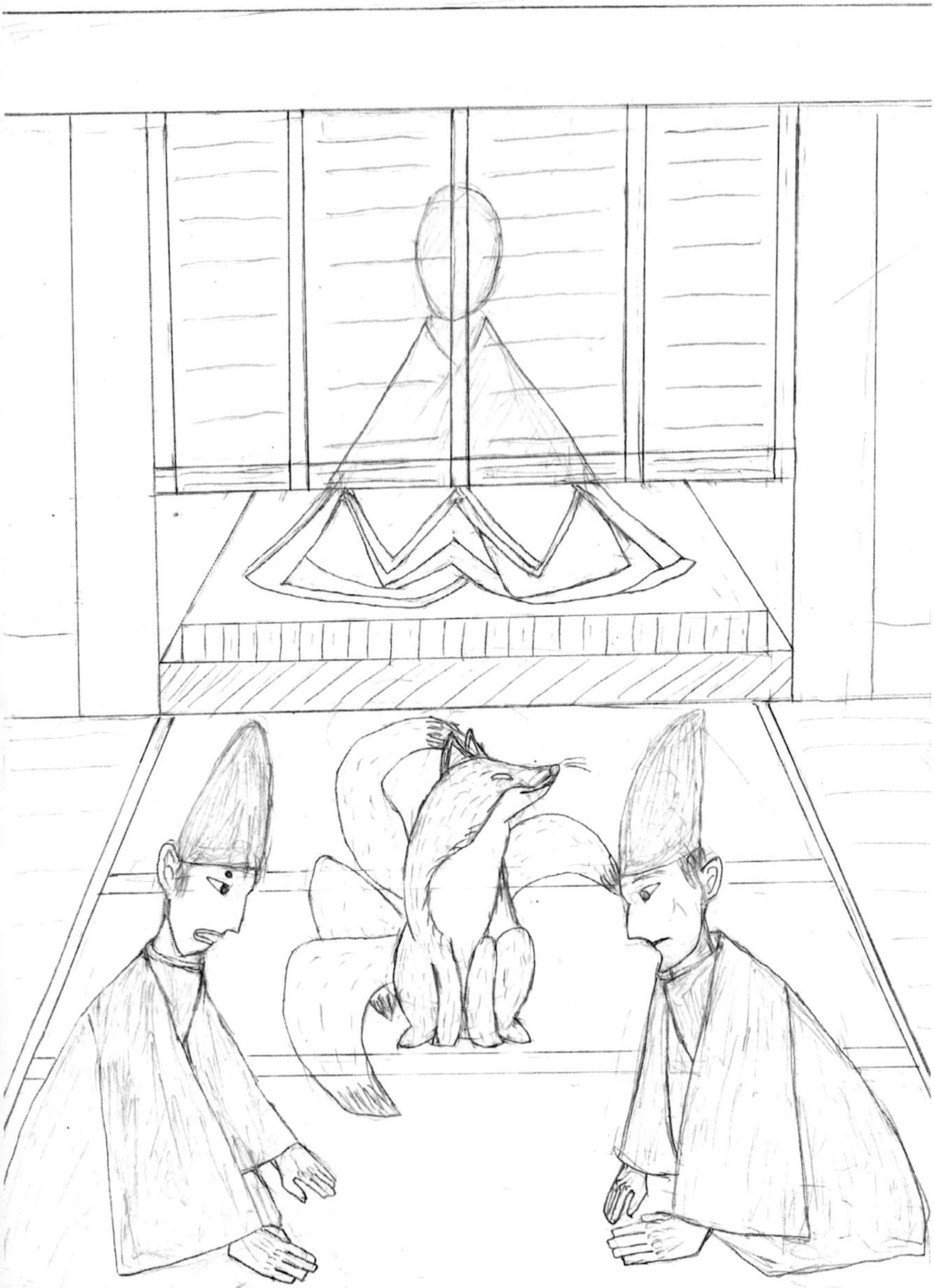

れて痛みが走った。他の式神使いが玉砂利を手に持って投げたようだった。

「殺してしまった方が良いのです。さすれば祟りも鎮まりましょう。此奴は影玉の血を引いているに違いありません」

式神使いは歯茎を剥き出しにして吠えた。

「静まりなさい」

玉が口を開くと式神使い達は一斉に静まり頭を下げた。式神使い達は一様に玉を崇め敬っている様子だった。玉は巻物から召狐を出すと、召狐にククチの里の歴史を説明させた。

「ククチの里」

現在のククチの里では式神使い達が権力を握っており、上級の式神使い達は政治や裁判にも口を出していた。そんな式神使い達を束ねるのが玉だった。里が木霊に襲われていた時代に初めて木霊から式神を作った人間が玉だったからだ。玉は人と式神が共に生きる社会を築き上げた。一匹の木霊が式神の作成方法を教えてくれたという伝承があり、その木霊の名前をダーダマと呼んだ。ダーダマは言葉を話す黒色の木霊であり、玉の耳元で知恵を語り掛けて里作りを導いた。玉は式神を使って前代の玉を追放すると、ククチの里の領

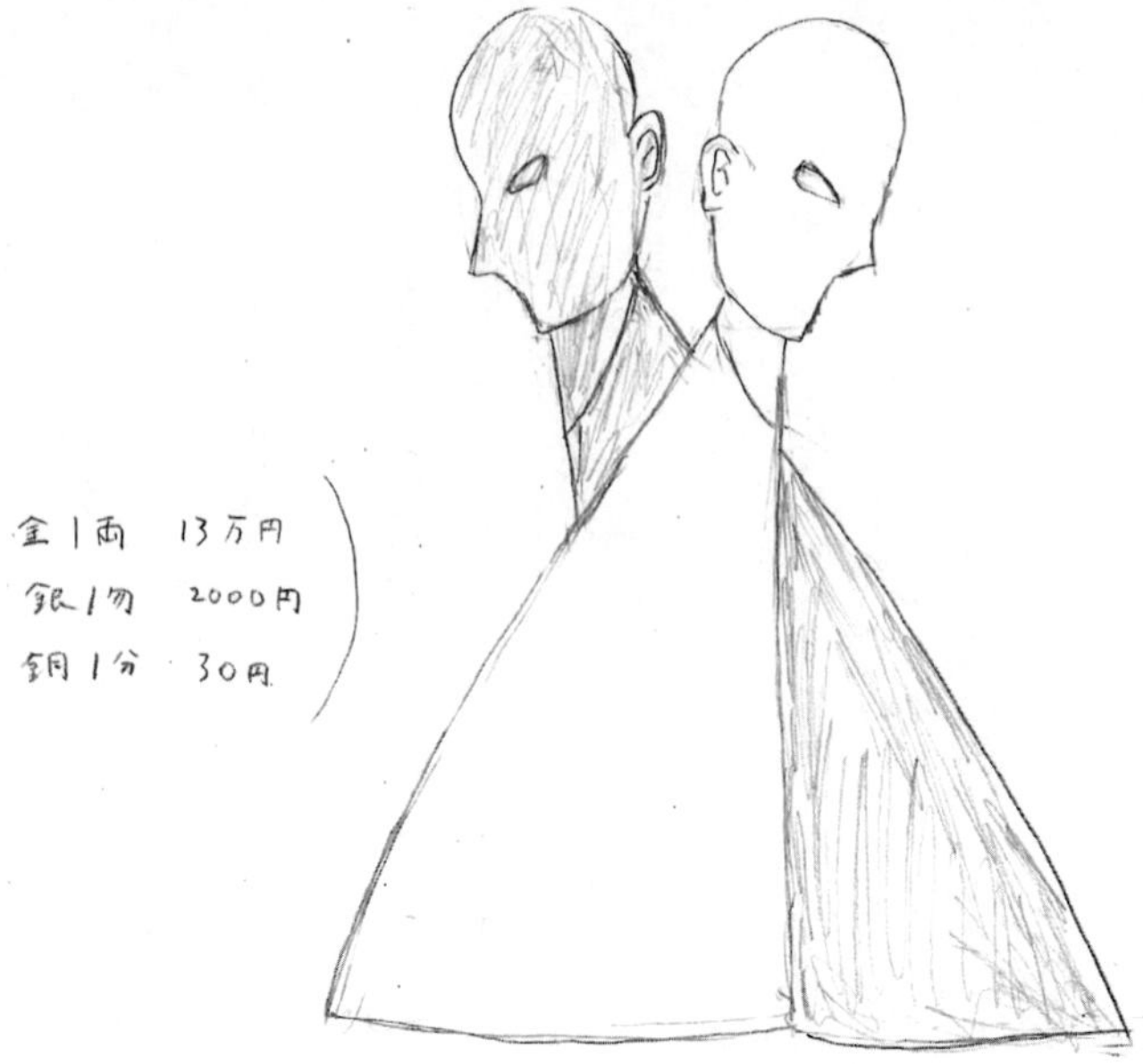
金1両 13万円
銀1匁 2000円
銅1分 30円

ダーダマ
体長 6cm
体重 1.6g
値段 ？

土を広げていった。里の政治を担う機関と兵隊はそのままの状態を保ち、玉だけを交代させたのだ。ククチの里は式神の力を用いて更なる繁栄を極めたが、前代の玉も影玉となり里を影で支配していた。玉は影玉から資金を得て式神を開発する予算に回していたのである。しかし影玉は犯罪行為を重ねていたのでククチの里で忌み嫌われていた。影玉の子孫は犯罪者の遺伝子を引き継いでいるとして迫害され始めた。子孫は自分の血筋を呪い、自分のような犯罪遺伝子を持つ子供は産まれない方が良いと考えた。いつしか子孫は人間に逆らう木霊に自らを重ねて祟り神を作り出した。子孫の産み出した祟り神は犯罪者を先祖に持つ者達を殺して回った。当時の里の人達は総力を上げて影玉の子孫を捕えて処刑した。それにより祟りは一度鎮まったかに見えたが、祟り神を産み出した術者を殺しても祟りは完全には消えなかった。消え去ったという事にして隠蔽しただけだったのである。

召狐は説明し終えると艶めかしい仕草をして玉の手元に戻った。

「彼を殺しても祟りは鎮まりません。彼と祟り神を戦わせて様子を見ましょう」

玉は読み上げるように話すと場を収めた。玉は僕と祟り神の自滅を望んでいるようだった。式神協会の手を汚して協会に不浄を持ち込みたくないのだろう。他の誰かの手を使って目的を果たすのが式神使いのやり方だった。玉は一枚の書状を宙に飛ばして僕に渡した。

膝の前に舞い降りた書状には、樹海の主に当てられた文章が書かれていた。森を切り倒す許可を樹海の主から受け取るのが僕に課せられた次の任務だった。祟り神を里の僻地に追いやるために、僕を里から離れた樹海や島の任務に就かせようという思惑なのだろう。

会議が終わると僕はひとまず解放された。僕が門を出ると後ろから召狐がついて来た。先程玉の出した召狐とは違う召狐だった。

「影玉の血を引く者は氷満だぞ」

召狐は小声で話すと説明を加えた。氷満は影玉の子孫だが、糸蝸牛を開発した家の養子として育てられていたらしい。影玉の血を引く子供を育てれば資金が貰えるからだった。しかし氷満は何も特別ではなかった。ただ血が繋がっていれば金銭が貰えた。その環境が彼を傲慢にさせたのだ。現在氷満達が良からぬ動きをしているようだ。召狐はそれだけ忠告すると煙と共に消えた。

樹海編

樹海の付近はまだ路道が整備されておらず、木々を伐採して土地を開拓している最中だった。ククチの里はこのように森を切り開いて作られた里なのである。土木作業用式神である石力が斧で木々を切って倒れた木を運んでいた。石力は顔のある大きな石に鉢巻を巻いており、四本の腕が顔から生えていた。二本の腕で地面を歩いて残りの腕で木を持ち上げた。重い木でも担いで運べるので力仕事に重宝される式神だった。しかし最近石力が木霊に襲われており活動が鈍くなっていたので、頭を悩ませた作業員達が式神使いに解決を依頼したのである。現場に近づいて観察すると、木

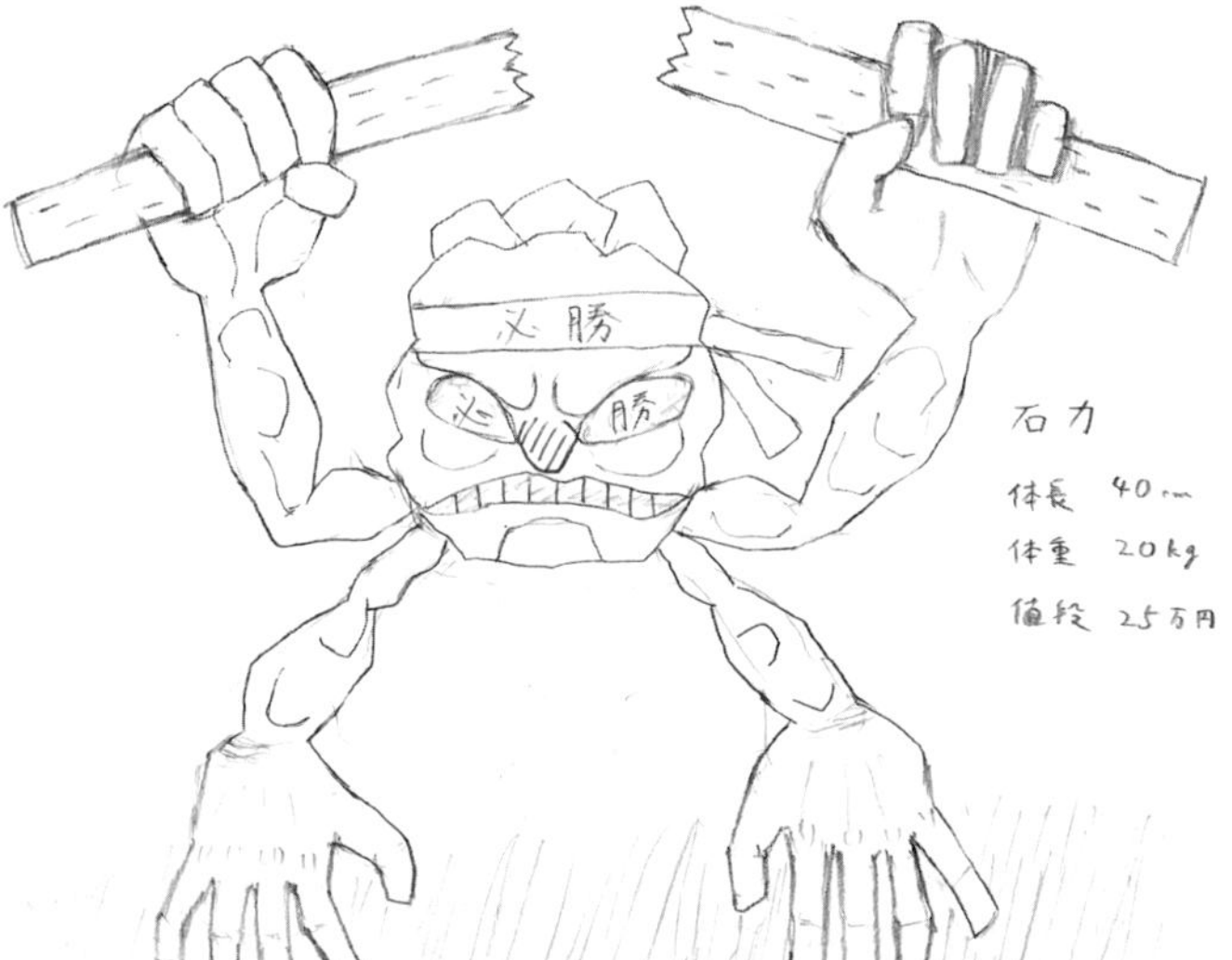

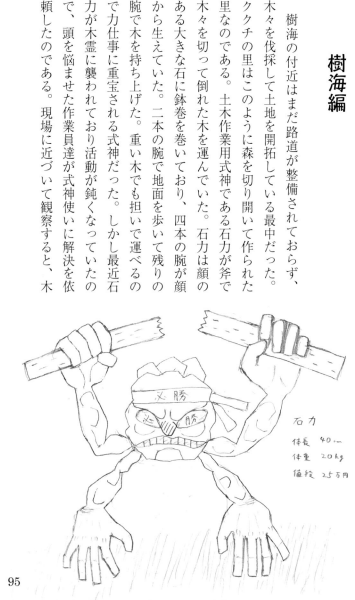

霊に襲われた石力が数匹壊されていた。木霊は一匹では非力だが集団になって襲い掛かると脅威だった。大群の木霊が一匹の石力に覆い被さって窒息死させるのだ。木から放たれる白い胞子が奇声を発しながら攻め寄せる様子は悪夢のようだった。

僕は土木作業員の人々が生活している集落に案内された。作業員達は傷ついた石力の修復を試みており、体表が崩れて罅の入った石力を泥で接着させていた。また伐採した木を石鉋という式神で加工して木材の表面を削っていた。木材は様々な建造物に利用されており、作業員達は木材の製造に精を出していた。

「木霊達には困ったものですよ。これじゃ伐採作業が進みません」

作業員は汗を拭きながら話してくれた。土地の開拓は里の存続に必要な事業だった。人口が増えた分の食料を供給するためには、森を伐採して水田にする必要がある。稲の収穫量を増やさなければ、全ての里の人々が食べる米の量を賄えなかったのだ。里が発展して人口が増えたのは喜ばしい事だが、森を犠牲にして自然が

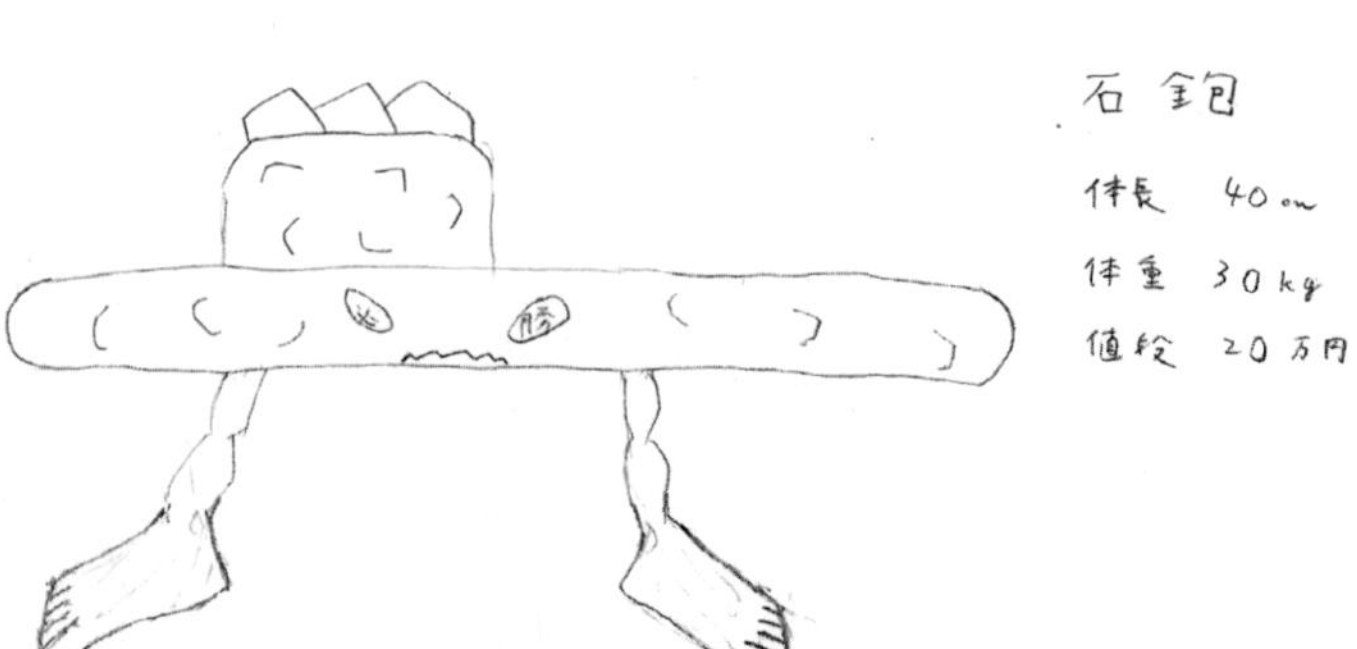

破壊される様子は心苦しい物があった。式神使い達は人間より自然を異様に大切にする傾向があり、森を伐採する際には必ず木霊達にお伺いを立てていた。

僕は深い森に足を踏み入れた。巨大な苔むした木々が鬱蒼と茂り、日差しを遮って樹影を落としていた。樹木の続く緑の海は奥に進む程黒ずんでいった。木の幹が大蛇のように伸びており、何百年分の年輪が森を形成していた。枝木が絡め合うように広がり道を塞いでいる。僕は縫うようにうねる一筋の路を泳ぐように歩いた。ククチの木の幹は香り高くて、葉は楕円形で表面に艶があった。赤くて小さい木の実が森を彩るように実っていた。

小さな乾いた音がして振り向くと一匹の鹿がいた。

「お待ちしておりました。あなたが晴明さんですね」

鹿は畏まって話すとお辞儀をした。その式神は蔓鹿と呼ばれる運送用式神だったが、人に使役されていない様子だった。誰かが森に廃棄した蔓鹿が繁殖して野性化したと考えられる。野性化して世代を重ねた式神は人の言葉を話す伝承があるが、実物を見るのは初めてだった。蔓鹿の背中には蔓が茂り、角は木の枝のように分岐していた。

「樹海の主の元に案内します。ついてきてください」

鹿は話すと蹄の向きを変えて森を駆けた。跳ぶように走る鹿の後ろ姿には黒い靄が掛

蔓鹿
体高 160cm
体重 80kg
値段 40万円

かって見えた。鹿は湖の畔で立ち止まると魂が抜けたように放心した。湖の周囲の木々は枯れており、針のような梢が天にきり立ち空を区切っていた。湖の付近は別天地のように涼しくて、怪しい妖気が立ち込めていた。湖には日差しが注いで水面に銀を散らしていた。木霊が辺りを漂い夢のように入り乱れている。水底は深く淀んでおり妖しきものを秘めているようだった。僕は湖に顔を近づけて覗き込むと水鏡に黒い影が映った。影は白狐の面を象り目が合うと僕の首に腕を伸ばした。祟り神だ。

「私のような劣等種は産まれて来てはいけなかった。人間も同じだ。式神使いに成れないような劣った人間は産まれてはいけないのだ。頭の悪い人間ほど考え無しに子供を産み、育てられずに子を殺す。晴明、君の妹のように」

祟り神は口早に罵ると、湖の底に僕を引きずり込もうとした。黒い尻尾で身体を包むように固められると僕は身動きが取れなくなった。僕の頭は水中に沈められて息ができず口から気泡が漏れた。溺れないように水面を両手で叩くと激しく水飛沫が上がった。僕と祟り神は餌を取り合う鯉のように苛烈な攻防を繰り広げた。僕はやっとの思いで岸辺に掴まり水面から顔を出すと、悍ましい尻尾を振り解いて湖から離れた。祟り神は唸り声をあげて水底に消えていった。僕は草地に尻もちをついて木の幹にしがみつくと、息を弾ませて

水面から影が消えるのを待った。

「何のつもりだ」

僕は振り向いて蔓鹿を問い詰めた。蔓鹿は風上に立つと角を一振りしてみせた。

「お望み通り樹界の主に会わせてあげたのです。森を切り開くのは人間の数が増え過ぎたからでしょう。数を減らしてやる方が良いのです」

蔓鹿は豪語すると背中の蔓を怪しげに伸ばした。蔓は僕の身体を縛ると、湖に再度引きずり込もうと伸縮した。鹿の蔓は本来台車や積荷を引くために作られているので太くて強固だった。僕は化鼬を剣に変化させて生い茂る蔓を断ち切った。蔓鹿は蔓を斬られても怯んだ様子を見せずに顎を引いて角を構えた。蔓鹿が続けて蹄を踏み鳴らした猛烈な突進を繰り出したが、僕は間一髪で横に避けた。鹿の角は木の幹にぶつかって樹皮に大きな裂け目を入れた。

「人間達は式神を消費して、用済みになればすぐに廃棄してしまいます。私達は望んで野性化したわけではありません」

蔓鹿は歯軋りをしながら罵倒した。彼は自分を捨てた人間達を憎んでいるようだった。

蔓鹿は胡瓜馬や茄子牛が普及する以前に利用されていた旧型の運送用式神である。餌を与える量が多くて燃費が悪いため販売が停止された。産んだのに育てず捨てた人間を憎むのは仕方が無いが、里は人間達のためにあると思えた。僕は源氏蛍を出して蔓鹿の顔に飛ばすと、蛍を最大限に発光させて鹿の目を晦ませた。蔓鹿は目を瞑って角を振り回して激しく暴れた。僕は蔓鹿の背中に後ろから飛び乗り、化鼬を鎖鎌に変えて鎖を蔓鹿の首に巻き付けた。鹿は僕を背中から振り落とそうと木の幹に身体を打ち付けた。僕の肉体は樹木に圧し潰されて、皮膚は木の枝に裂かれて血を流した。意識が蔓鹿に身体をぶつけられる度に無くなりかけて、方向感覚を失い左右がわからなくなった。それでも僕は諦めずに蔓鹿の背中にしがみついて離さなかった。蔓鹿は無作為に森を走り続けて、崖を跳び越えて坂を下った。蔓鹿も首を鎖で絞められており、確実に体力を削られて徐々に動きが鈍くなっていた。僕と蔓鹿のどちらが先に倒れるかの持久戦となった。森を何周かして僕が鎖から手を離しかけた時、蔓鹿が地面に膝をついて崩れた。僕は背中から転げ落ちると目眩が止まらず蹲った。

再び目を開けたのは日暮れ頃だった。隣には血を流して倒れた蔓鹿が眠っていた。鹿は横隔膜を上下に動かしてゆっくりと呼吸している。周囲は見通しの利く雑木林で静かな体を備えていた。葉を揺らす風の息遣いが耳に触れて苔の湿った空気が鼻を掠めた。雑木林の中央には積石が積まれており、里で生きる人々のために祈る場所が設けられていた。僕は足をふらつかせて立ち上がると、複数の視線が集まるのを感じた。木々の影から何匹も蔓鹿が現れて僕の周りを囲んでいた。だが蔓鹿達は警戒して近寄って来なかった。

「よく倒したな」

一匹の年老いた蔓鹿が進み出て口を開いた。背中の蔓は紫色の花を咲かせており、角は平たくて大きかった。彼が鹿達を統率する者であると一目でわかった。

「あなた達も祟り神の手先なのですか。僕は森の伐採許可を得るために協会から派遣された者です」

僕は姿勢を正して話した。玉から預かった書状を見せると年老いた蔓鹿は唸り声を上げて首を振った。

「私達は祟り神に憑かれてはいない。憑かれていたのはその一匹だけだ。だが君が襲われたのを見ても止めようとはしなかった。止める義理も無いからな」

年老いた蔓鹿は答えると僕の匂いを鼻で嗅いだ。蔓鹿達は僕が湖で祟り神と戦い森の中を駆け回っているのをずっと影で観察していたようだ。

「里の人々に食料を十分に賄うには開拓地を増やす必要があるのです」

僕は頭を下げて頼んだ。蔓鹿達とこれ以上戦いたくは無かった。年老いた蔓鹿は黙って僕に近づくと、倒れた鹿と僕の傷口に蔓を伸ばして触れた。すると痛みが引いていきまるで温泉に浸かっているように心地良かった。蔓鹿の肉体は土の性質に似ており、身体から生やした草木には不思議な力があった。

「私達は木を伐採する事には反対である。しかし人間達の都合も理解している。だから祟り神に憑かれた蔓鹿を倒せるかどうかで賭けていたのだ」

蔓鹿は言葉を紡ぐように話すと、書状を受け取り僕達が流した血溜まりに蹄を浸した。蹄で書状を踏むと書状には伐採の認可を示す蹄型の判が押された。元より蔓鹿達は憑かれた一匹が倒されれば森の伐採を受け入れて、そうでなければ追い払うと決めていたようだ。

「ピュー」

蔓鹿達は天を仰ぐと笛を吹くような雄叫びを上げた。

「感謝します」

僕は一礼して書状を大切に懐にしまった。木霊を指揮して森の伐採を防ごうとした蔓鹿達が、苦悩して考えた結果が血で交わされた契約書だった。無意味な伐採をすれば契約は破られて再び争いが起こるだろう。

「祟り神に関して良い事を教えてやろう。奴をただ倒そうと考えるな。自らの負の感情と向き合いなさい。自分が何に使えているかを今一度考えなさい」
蔓鹿達は助言を残すと森の中に消えて行った。

祟り神編

僕は伝書鳥を飛ばして判の押された書状を式神協会に送った。協会からは次の任務を告げる伝書鳥が届けられた。指令は北の島に赴いて式神を売り渡してくる事だった。北の島はまだ十分

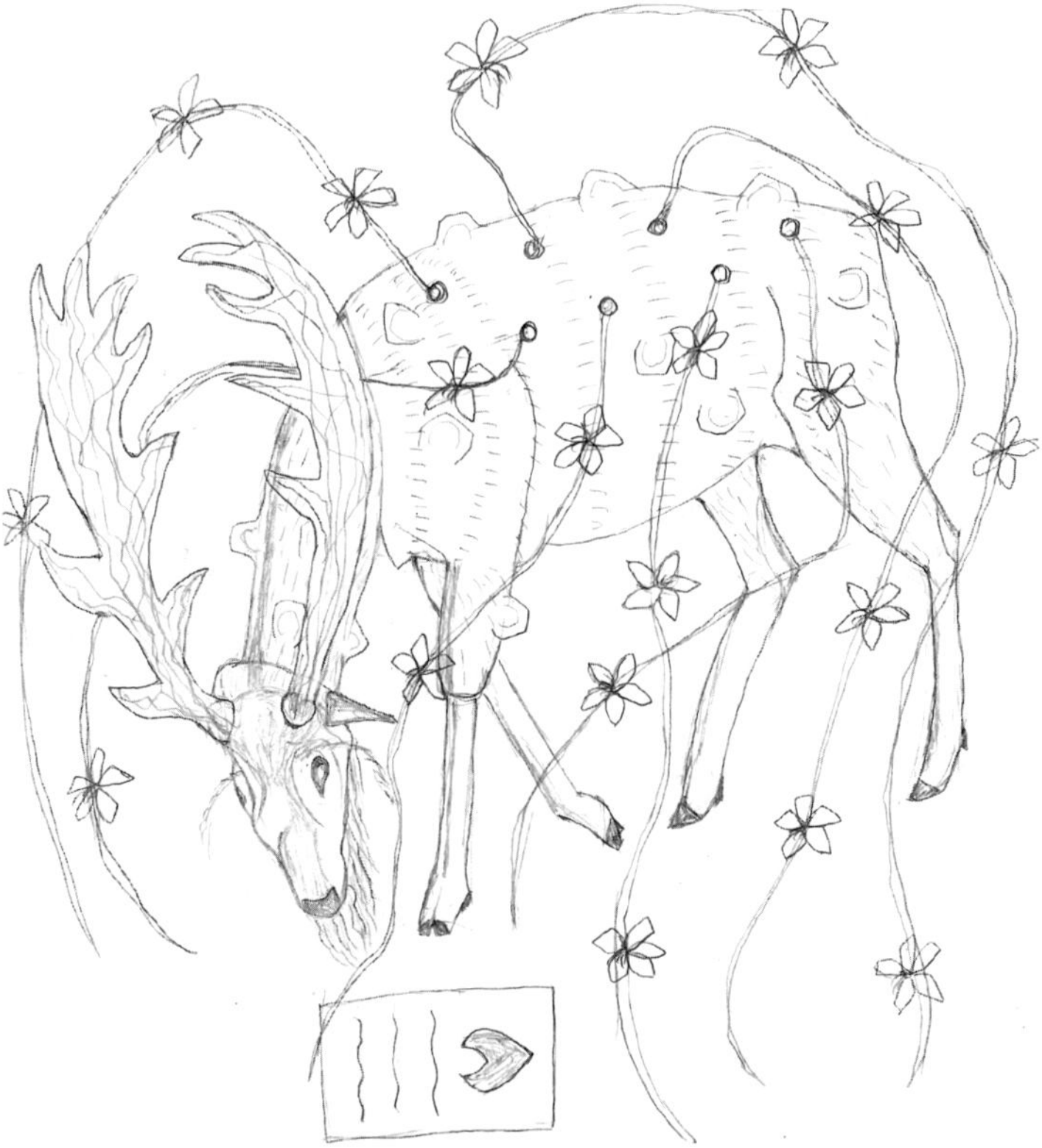

に式神が普及されてないので、新しい取引先を開拓しようと式神使い達が派遣されていた。手始めに監視蝶を普及させてから支配するのが式神使いのやり方だった。監視蝶は治安維持のためにどこの村も欲しがっていたからである。監視蝶の情報は購入者だけでなく式神協会も見られるので、新しい村の内部調査のためにも監視蝶の拡散は利用された。僕には気の進む任務では無かったが、協会からの命令のため従う他無かった。

僕は胡瓜馬の馬車に乗り港町を目指した。港町を経由して北の島へ船に乗って行く予定でいる。港町に近づく程に肌寒くなり、耳が凍りつくようだった。吹きつける北風が枯れた枝木を晒しており、遠くの山まで境界がはっきりと見えた。僕は港町に到着すると家屋が軒を連ねる商店街に足を運んだ。積雪は日を受けて銀のように眩く、分厚い雪が屋根に積もり町を純白に埋め尽くしていた。大通りは人で賑わい、行き交う人々の足跡が雪の上を点々と走っていた。店頭には新しく仕入れた式神の貼り紙が張られており、墨で描かれた式神の絵の下に巻物が所狭しに並んでいた。

「安くて高品質だよ～」

商人が道行く客に声をかけて、巻物から出した家電用式神を売り込んでいた。洗濯鴨は口から衣服を取り入れて体内で回転させると、汚れを洗剤で洗い流してくれる式神である。

客達は洗濯鴨を物色すると手を叩いて喜んだ。買う側は優越感に浸れて楽しいものである。買う側の意見ばかりが尊重されて、売る側が蔑ろにされている今の社会は狂っていた。雇われて働いている織物工場の従業員や区画隊、消費されて捨てられた蔓鹿、皆軽視されていた。工場に資金を貸す式神使いや、労働力を買う側の雇用主や、式神を買う側の客の意見ばかりが重視されている。皆気づいていないのだ。自分が売り物なのだと。売り物として働いている時間の方が長いはずなのに、買う際の一瞬の楽しみしか考えていない。そのような人達ばかりだから世が乱れるのだ。

　僕は式神協会の支部に立ち寄ると、伝書烏から送られた証明書と所持している資格証を係員に見せた。給料や必要な物品は協会支部を訪れると貰

えるのだ。僕は金三両と監視蝶の入った巻物を受け取ると懐にしまった。支部を後にして宿を探して歩いていると、不意に後ろから肩を叩かれた。

「晴明じゃないか」

声をかけて来たのは雪太だった。学生の頃より背は伸びていたが坊主頭に丸眼鏡を掛けた姿は変わっていなかった。雪太の故郷は港町なようで、この地帯を中心に式神使いとして活動しているらしい。雪太は積もる話をしようと家まで僕を案内してくれた。雪太の家は海岸から離れた坂の上にあり、家から海を一望できた。僕達は火鉢を囲みながらこなした任務について語り合った。僕が祟り神と戦った話をすると、雪太は特に興味を示して身を乗り出した。

「祟り神なら港町にも出没したぞ」

雪太は真剣な声色になって話し始めた。祟り神に憑かれた村人が最近増えているらしい。港町でもすでに数人が被害にあった。憑かれた人間は気が狂ったように叫んで、突拍子もない行動を取るようだ。

「祟り神は産み出した僕にしか祓えないんだ。祟りと向き合わないといけない」

僕は自分の肩を抱いて話した。火鉢の火が凍えた身体を暖めて、鉢の上に置かれた餅が

監視蝶

膨れて弾けた。祟り神が姿を見せるのは水辺に独りでいる時が多かった。人間達の目が無い海の上でなら祟り神が現れる目星はついていた。

「祟り神は一度巻物に入ったんだろう。ならもう一度封じられるはずだ」

雪太は断言すると徐に巻物を広げた。巻物には封じられた式神の絵とそれを表す文字が並べられていた。雪太が巻物を指で叩くと煙と共に雪玉兎が現れた。巻物に使う紙はククチの木から製造されている。木霊は木に帰りたがる性質があるため、ククチの木からできた巻物は式神を入れる事ができた。祟り神は人間に反抗的なので、封じるにはより効果的な巻物が必要になると考えられた。

「僕には試してみたい事があるんだ。僕を海に案内してくれないか」

僕は言葉を探しながら雪太に頼んだ。雪太は快く頷いてくれると、明日に備えて就寝についた。

鴎が囀る早朝、僕達は海岸近くの船着き場に向けて足を運んだ。僕達が坂を下って大通りに出ると複数の視線が集まるのを感じた。何者かが僕達を殺そうと狙っている。

「背後に三人いる」

雪太が隣で囁いた。三人は村人の服装をしており道行く人々に紛れていたが、式神使いであると思われた。殺気を隠して近づく身のこなしが常人ではなかった。雪太が目線を前に向けたまま合図すると、僕達は二手に分かれて勢い良く走り出した。僕は人混みを掻き分けて右の小道に入ると石段を駆け降りた。追手も影を踏むように後をつけて来ていた。僕は岸辺に着くと足を止めて振り返った。岸辺は絶えず波に洗われて砂を蹴散らしていた。潮の香が髪にしみて耳元で風が鳴っている。追手が姿を見せると頭に被った傘を脱いだ。男の顔に見覚えは無かったが相手は僕を存じているようだった。男の背後には黒い靄がかかり、黒髪に赤房の耳飾りをつけた風貌をしていた。表情は険しくて額に青筋を立てている。

「貴様が晴明で間違いないな。式神協会から殺害命令が出ている。悪く思うな」

男は激しく捲し立てると巻物から火蜥蜴を出した。火蜥蜴は背中の斑から火の粉を散らして鋭い牙を剥き出しにしていた。

「待て。式神協会が僕を狙うはずが無い」

僕は困惑して口早に話すと、自然と掌を前に向けていた。

「とぼけても無駄だぞ」

男は怒鳴り散らすと火蜥蜴に攻撃するよう指示した。火蜥蜴は肺に息を吸い込むと勢い良く炎を吐き出した。炎は真っ赤に燃え盛り熱気を纏い襲い掛かった。僕は咄嗟に目を瞑

蜥蜴

り腕で顔を覆った。すると肩から化鼬が跳び立ち防火布に変化して炎を防いだ。遮られた炎が砂地に消えると化鼬は火蜥蜴に向かって体当たりした。化鼬と火蜥蜴は揉みくちゃになりながら転がり取っ組み合いの喧嘩を始めた。双方が相手の体に牙で噛みついて爪で引掻いていた。男が目を離した隙に、僕も素早く相手の懐に潜り込んで袖と襟を両手で掴んだ。男を背負って肩越しに投げると、男は地面に背中を打ち付けて呻き声を漏らした。僕は寝技をかけて男の動きを封じると、首を絞めて襲った理由を聞き出した。

男の名前は紅鬼房といって、彼は僕を影玉の子孫だと思い込んでいたらしい。式神

協会から影玉の子孫を消すために刺客として送られたようだ。事態の経緯は次のように推測された。氷満は祟り神に片眼を潰されてから、影玉の子孫であると政府にばれてしまった。その後氷満達は式神使い達の目を欺くために、晴明が影玉の子孫だと嘘の噂を広めた。玉も晴明を処分したかったのでその噂に乗ったのである。

「僕を影玉の子孫と勘違いした事にして殺そうとしたのか」

僕は声を荒げるとさらに男の首を絞めた。

「玉が嘘をつくはずが無い。氷満達に騙されたんだ」

男は必死に弁明すると手足で地面を叩いた。玉は資金だけが欲しかったので、影玉が里で力を持たないように影玉を排除していたつもりだったらしい。しかし資金源である影玉に逆らう事は不可能だったようで、次第に玉と影玉は同一化して仲間同士になったのである。

「どちらも同じではないか」

僕は呆れた顔をして言い放った。玉も影玉も血筋や遺伝で全てが決まると考えており、その点で両者は考え方が似ていた。里はまるで玉と影玉の支配する大きな木箱の中だった。

「違う。影玉と一緒にするな」

男は顔を真っ赤にして怒り喚いていた。

人が走り寄る気配がして振り向くと、残り二人の刺客が追いかけて来るのが見えた。僕は男の首から手を離すと化鼬を呼び戻して走って逃げた。湾曲した海岸線は弓なりに続いて岩が点々と連なっている。岸辺から水上に突き出た桟橋が遠くに見えて船が横づけになっていた。僕は桟橋を目指して走ると、橋の近くにはすでに雪太がいた。

「出発するぞ」

雪太は僕に手を振って呼びかけると木製の小舟に乗り込んだ。僕もすぐに追い着いて小舟に乗り手綱を握った。小舟は一人乗りで、漁業用式神である皿魚が手綱を引っ張り進む構造になっていた。皿魚は頭に皿をのせており、掌の水搔きと魚の尾鰭のような下半身で水中を自由自在に泳げた。皿魚が短い嘴を突き出すと、船首が波を切って小舟は海面を滑り出した。大小の波浪が小舟を山から谷へ運んで、小舟は海岸線を離れて沖合へ出た。海は鉛を溶かしたように暗く淀んでいる。

「島影が見えるまで俺の後に続け」

雪太が先頭を走って声を張り上げた。北の海は島に渡海するだけで危険に満ちていた。雪太とは航海の途中で別れる約束をしている。これ以上雪太を危ない目に巻き込むわけに

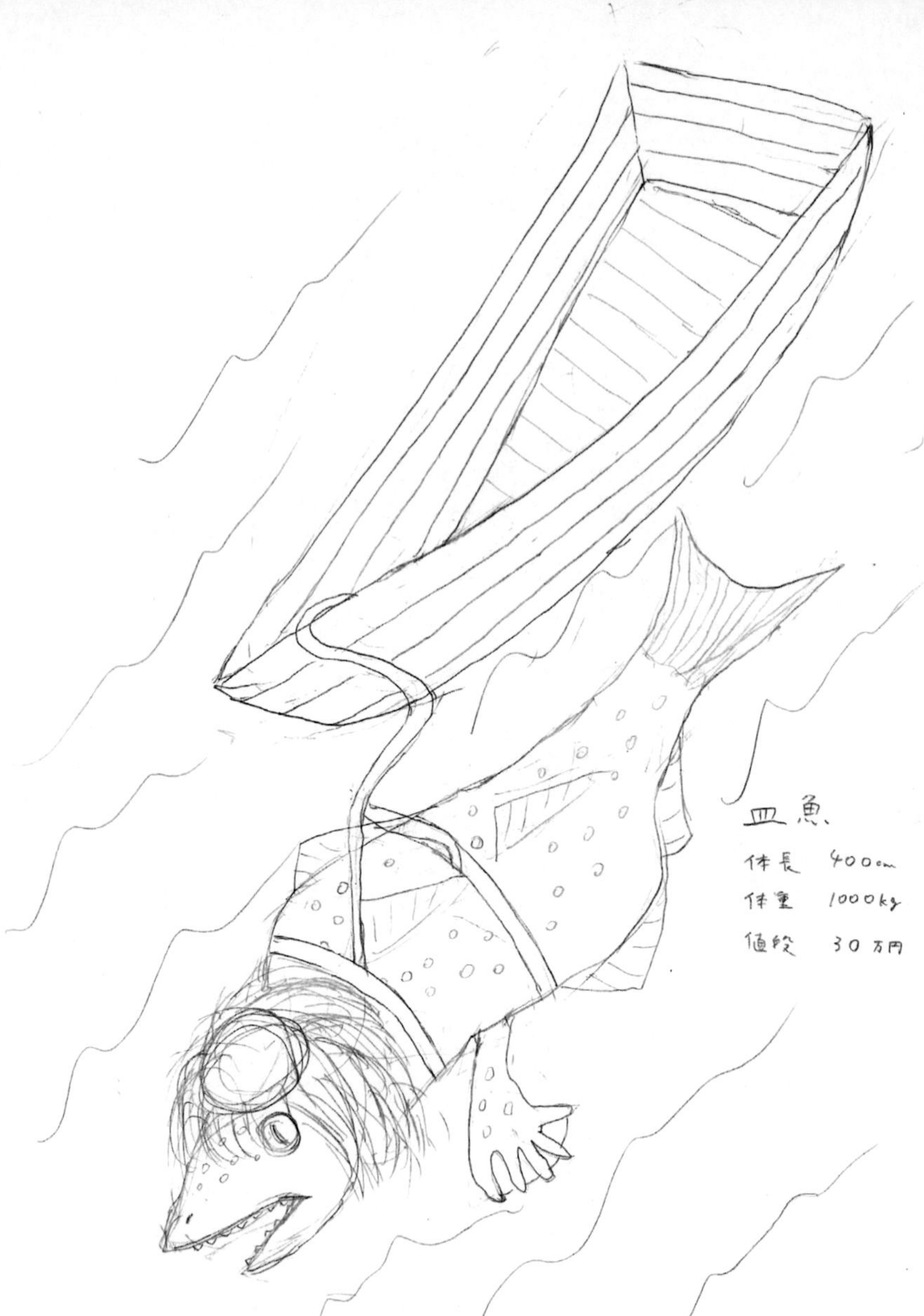
皿魚
体長 400cm
体重 1000kg
値段 30万円

はいかなかった。祟り神との戦いは一対一で決着をつけなければならないのである。波頭が次々にすり抜けて、砕ける波の飛沫で一面霧がかった。小舟は風に押し流されて大海原を駆け抜けた。大きな波浪が襲うと、波が船底をぶつけて船を浮かび上がらせた。船が大きく揺れて水飛沫が雨のように降り注いだ。僕は懸命に手綱を操りながら皿魚に指示を送った。皿魚は海中で身体をうねらせながら海を飛ぶように泳いだ。数分ごとに海面に上がり息継ぎをすると頭の皿が垣間見えた。

「騎季——」

雪太の皿魚が甲高い鳴き声を上げると小船を旋回させた。島影が見えたのでここで解散するようだ。僕と雪太は腕を大きく振って別れを告げた。

僕は暫くの間独りで海を走っていると、昼間だというのに急に辺りが暗くなったのに気づいた。小船の軋む音だけが規則正しく聞こえる。舳先の前方に目を凝らすと、黒い影が波頭の上に佇んでいるのが見えた。影は次第に近づいて来て船首に衝突すると船の上に乗り込んだ。船が左右に傾いて頼りなげに上下すると、僕は船の上で身を捩りながら重心を取った。影は狐の面をした姿に形を整えると、幾本の尻尾を扇のように広げた。祟り神だ。僕と祟り神は同時に立ち上がると向かい合った。祟り神の目には光が無くて、視線を交えると闇の深淵に吸い込まれそうだった。祟り神は僕の頬に両手でべたべたと触れると顔の形を確かめた。両手は凍てついており僕の身体から体温を奪った。呼吸が苦しくなり胸を激しく締め付ける。血の流れが悪くなって頭が朦朧とした。黒い影はにじり寄ると僕の身体に溶け合い重なった。頭から始まり両手、両足、胸、腹部の全てが影に取り込まれた。祟り神の影に呑まれると、自分の身体が己の物でなくなる感覚に襲われた。まるで僕は祟り神で祟り神は僕になってしまったようだ。目を閉じると光は闇に閉ざされて今にも消えそうだった。僕の脳裏には走馬灯のように記憶が去来した。短い人生を逆戻しに反芻すると最後に浮かんだのは雲暗だった。雲暗は僕しか知らずに死んだ。でも僕は違った。召狐、雲暗、両親、雨京先生、化鼬、雪太、氷満、霧華、工場の作業員、区画隊、協会の人達、蔓鹿達、赤房の男など様々な人達に出会った。僕の親は召狐だけでも、両親だけでも無かった。ましてや玉や影玉でも無い。僕の親は里の全ての人間であり、僕は里の人達皆の子供だった。式神使いは個人に使えるのでなく里の皆に使役するべきなのだ。僕は旅をしてその事に気づかされた。僕は召狐という個人を作るために祟り神を産んでしまった。それは肉親の愛情に満たされたいがための過ちだった。だがもう卒業しなければいけない。僕の親は召狐一人では無いのだから。

「血筋は関係無く、関係無い事も無い」

僕は両手を広げて祟り神に唱えると、お守りに摘んでおいた赤い木の実を懐から出して祟り神の口元に運んだ。祟り神は木の実を口に含むと、闇が晴れるように消えていなくなった。祟り神は僕の血と関連の深い雲暗の木の実を食べて誤認したようだった。式神がククチの木からできた巻物に帰るように、この場から去った。雲暗は既に亡くなっているので、祟り神は死者や木々の元に帰って人間の住む世界から除外されたのである。しかし木の実はただの気休めに過ぎず、この先は祟り神も血の関連に拘らずに暮らしていかなければならなかった。もう僕という個人から離れて、里の人達皆を親とするべきなのである。

僕は北の島の海岸に小舟をつけると、島を気ままに散策した。島の商人にも会って話をしたが、もう監視蝶を売るのは止める事にした。僕は式神協会に刺客まで送られて破門されたのだ。これ以上玉に使えて働く事はできなかった。僕は島に拠点を構えて学校を設立する事にした。貧しい人達でも簡単な式神の作成方法を学べる学校だ。大切に一人一人を育てれば、大人になれずに死ぬ子供の数を減らせるのである。数は少なくなるが、質の高い子供を育てる事ができるだろう。反面、教育を受けた人間は子供を産まなくなる傾向があった。貧者に教育を行き渡らせれば出生率を減らせるので、無意味に殺さずとも人口の削減は可能だった。祟り神は「質育大神」と名前を改めて、今でも里のどこかでひっそりと暮らしている。祟り神は多神教の神々や妖怪のような存在であり、質育大神として子供の教育を助けてくれる事もあるが祟り神になり人口を減らそうと暴れる可能性もあった。祟り神は人間達が常に気を付けて見張る必要があるのだ。僕は毎年、祟り神が里の皆の子供でいられるように海の方角を背にして祈りを捧げた。

僕は式神論を発展させた人間の生き方について生徒達に説いた。次にまとめた内容を記述する。

「新式神論」

式神使いは学校に通う期間が長いので、卒業してから仕事をして金を稼ぐまでに時間が掛かった。恋愛や結婚や子育てをするには男が女に金を与える必要があるので、必然的に式神使いは子供を産む年齢が高くなり子供を残さなくなっていた。一方貧民の方が早い時期から職について金を得るので、考え無しに異性と交わり子供を作った。だから貧民の遺伝子の方が多く世に残ると考えられており、優秀な遺伝子を持つ式神使いの血が途絶えてしまうと危惧されていた。この考え方を逆淘汰という。しかし現在ではこの考え方は否定されている。人間は遺伝子で全てが決まるわけでも無く、進化する事も少なかったからだ。

式神論では環境に適した者が後から優秀と評価された。評価されるのは後の世代になってからの話である。その者が子孫を残せれば優秀な遺伝子と判断された。ではその者が生きている間の評価は誰が決めるのだろうか。僕は一神教の神様が決めると考えた。化鼬を直そうとした時、子供を産ませるのでなくて彼の傷を治した事がある。生物の優劣を子孫が残せるかどうかで判断してはいけないと思ったからだ。化鼬が生きようと懸命に努力する姿に価値を置いたのである。

虫のような下等生物は一生が短くて子供を産む数が多かった。そのため進化は目に見えて現れると思えた。一方で人間の一生は長いので血筋以外の繋がりが生じる。だから人間は進化する事が少ないと考えられた。人間は子供の頃は血の繋がった親族としか関係を築かないが、成長するにしたがって血の繋がらない多くの人間と関わる事になる。人間には多種多様な人々と出会う権利があり、自由に親を選ぶことができた。一神教の神様を人々の集団が一つになったものと仮説すると、人間は血筋の契約から離れて神様との契約により大人になると思われた。

昔の人々は木々に囲まれた環境下で暮らしていた。自然の力は脅威で恐れ多い存在であり、人間は木々の環境に合わせて生き方を変えていかざるを得なかった。しかし現代では木々を人間の手で作り変えて式神として使役できるようになった。もはや木々による自然の脅威に打ち勝ったかに思えた。しかし次は式神が環境を形作り、式神に合わせて人間が生き方を変えていかざるを得なくなっていた。自らが作った式神に生き方を縛られる自己家畜化が進んで、環境に適応できず家畜化しない人間は排除される社会になってしまった。木々の環境が人間の遺伝子を選択して、さらに人間が作った式神が人間の遺伝子を選択する。亡くなった者は物理的に土に還り木の栄養分になる。このように輪となり続く社会の流れを「木輪」と呼んだ。木々の自然に囲まれた生活を懐かしく感じて、昔の時代に戻りたいと思う人々もいるだろう。しかし我々人類は後戻りできない領域まで来ており、もう一度式神の無い時代に戻る事はできなくなっている。それよりも社会の環境が木々から式神に変わる激動の時代に、どのように生きるべきかを考える事が求められた。木々や式神よりも人間の集団に価値を置いて、人々の生き方に合わせて式神を作り変えていけるように努力する事が重要である。

晴明

人
木
式

「解説」

この物語は実在する団体組織、宗教とは関係ありません。特に日本の文化と進化論は関係ありません。もしも人工生命体が存在すればどんな社会になるかを想像して物語を作りました。作中での式神は人口生命体や機械のようなものとして考えています。ククチの里では機械化により物資不足が解消されて人口が増加しました。しかし増えた人間のために木々が伐採されて、貧富の格差が大きくなってしまっています。機械化して買う側の生活は便利になりましたが、売る側の生活はまるで人間以下の扱いになりました。一方でこの先の里は貧民への教育が進んで人口が減少していくと予想されます。すると今度は売る人の数が少なくなって社会を維持できなくなるでしょう。再び人口を増やすには無駄な教育機関を削減して、誰でも働いて生きていける社会にする方が良いと思われます。人間の質と量は両立できません。ある程度の質と量が保たれた状態が維持されるべきなのです。

崇り神は高齢出産で産まれた奇形児をイメージして書いています。男女共に子供を作る年齢が高くなると奇形児の産まれる確率が高くなってしまいます。奇形児が親に恨みを持って暴れているのが祟り神なのです。晴明は産まれた子供に自分の親の役割を押し付ける歪んだ愛情を持っていたのかもしれません。

人間は生物的な子孫を残す代わりに、式神などの文化的な創造物を残す事ができます。文化は環境を形作り環境下で暮らす人々の遺伝子を選択します。機械化すると機械に強い人間は社会で重宝されて、社会で認められた人間は生き残り子孫を残しやすくなるでしょう。それを繰り返すと機械に適した人間が増えていく恐れがあります。人間が作った機械が人間を変えてしまうのです。遺伝子レベルで人間が変わる事は少ないですが、社会レベルでは変わってしまうでしょう。もしも機械が無くなり再び自然のなかに置き去りにされれば人間は生きていけません。だから自然に還ろうとは言えませんが、周りの環境に合わせて考え方も変えていく必要があると思います。晴明は人間の集団に価値を置く事により、木輪という輪廻から解放されました。

《裏設定》

雨京先生と霧華は恋仲だった。織物工場で働く人々は氷満家に闇金を手渡されて性行為をしている。賃金が低く設定されているのは女が闇金に靡きやすくするためである。若い女は影玉と玉で共有されていた。氷満は自分では影玉の子孫だと知らずに玉の子孫だと思い込んで育っていた。

SIKIGAMI

二〇二四年十二月一日　初版発行

著　坂野　吾郎

発行所　株式会社　三恵社
〒四六二-〇〇五六
愛知県名古屋市北区中丸町二-二四-一
TEL　〇五二-九一五-五二一一
FAX　〇五二-九一五-五〇一九
URL　https://www.sankeisha.com

ISBN 978-4-8244-0036-9